2022年
秋之卷

李少君
雷平阳
主编

诗收获

长江出版传媒
长江文艺出版社

2022年 / 秋之卷

诗收获

编委会

主　　办：长江诗歌出版中心　　中国诗歌网

编委会主任：吉狄马加
编委会(以姓氏笔画为序)：

吉狄马加　朱燕玲　刘川　刘汀　刘洁岷
江离　李少君　李寂荡　李壮　吴思敬
谷禾　沉河　张尔　张执浩　何冰凌
林莽　宗仁发　金石开　周庆荣　郑小琼
育邦　胡弦　泉子　娜仁琪琪格
高兴　钱文亮　黄礼孩　黄斌　龚学敏
梁平　彭惊宇　敬文东　雷平阳　臧棣
潘红莉　潘洗尘　霍俊明

主　　编：李少君　　雷平阳
执行主编：沉河
副 主 编：霍俊明　金石开　黄斌
艺术总监：田华
编辑部主任：谈骁
编　　辑：一行　王单单　王家铭　戴潍娜
编　　务：胡璇　王成晨　石忆

卷　首　语

关于"送流水"茶品之说明

值长江诗歌出版中心成立十周年之际，李文华兄以宝和祥所集古六大茶山即易武、倚邦、蛮砖、莽枝、革登和基诺之头春优质茶菁为原料，精心配伍而成诗茶共融的茶界妙品，并以余旧日诗集之名为名，曰"送流水"。余不胜荣幸，且视其为诗茶两界的一件大事。茶山皆以此六山为宫殿，万树俯首；诗歌总以流水作美学航程，语言之帆高悬不落。二者归于一物，不失为山水精神的绝佳演绎，令人心神喜悦，万有趋向万无，特记之。

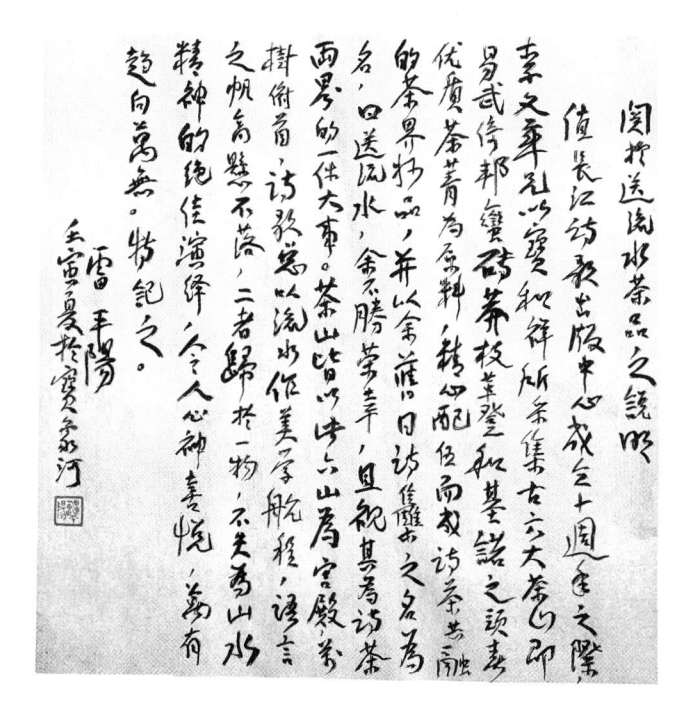

雷平阳

壬寅夏于宝象河

诗收获 2022年秋之卷 目录

季度诗人
消失在群山中的白桦林 // 楼河 // 002
"冷"的底色，与诗的来源——读楼河的诗歌 // 方婷 // 026
进入深渊 // 林丽筠 // 031
"忠于清晨跌落枝头的花朵"——林丽筠诗歌阅读札记 // 陈培浩 // 049

组章
我终于没有活成愿望中的自己 // 张执浩 // 058
过时的想象 // 巫昂 // 065
白荷为师 // 笨水 // 069
器识 // 胡弦 // 075
新锄使用说明 // 蒋立波 // 081
告别与回归 // 雷格 // 088
山中的日子 // 李昌海 // 098
橘灯 // 雷晓宇 // 105
飞行术 // 星芽 // 111
秋鸿篇 // 叶丽隽 // 114
像你寂静的内心 // 宗小白 // 119
无法释怀之物 // 秦立彦 // 124

诗集精选
《交叉路口》诗选 // 世宾 // 134
《春山空静》诗选 // 段若兮 // 141
《不思量集》诗选 // 李苇凡 // 147
《宝石山居图》诗选 // 卢山 // 155

域外
月光奏鸣曲 // [希]扬尼斯·里索斯 / 赵四 译 // 162

推荐
推荐语 // 李以亮 // 174
年过半百 // 一回 // 176

中国诗歌网作品精选
　　立春日：未完成的思考 // 马泽平 // 188
　　薄暮 // 陆辉艳 // 188
　　湖畔 // 甘南阿信 // 189
　　夜宿木梓排 // 夭岩 // 190
　　挽留 // 赵其琛 // 190
　　塔什库尔干河 // 杨碧薇 // 191
　　梯子 // 窗外 // 191
　　骑着中年的老虎 // 马嘶 // 192
　　松鼠 // 林宗龙 // 193
　　金属的巨鸟 // 泉子 // 194
　　时间 // 蔡英明 // 194

小红书诗歌精选
　　婚后 // 长生 // 196
　　此刻 // 诗歌休止符 // 196
　　轰鸣 // 人不交 // 196
　　晚八点 // 与程 // 197
　　城市牧羊人 // 不冷不刺 // 197
　　今晚不关心人生意义 // 乔鸟 // 197
　　停电 // 乌枝 // 198
　　九月 // 隔花人 // 198
　　一个无聊至极的周末 // 塔塔 // 199
　　真材实料 // 焦野绿 // 199
　　发现生命的意义 // 速冻抹茶 // 199
　　我们终将会走散 // 冬也 // 200

评论和随笔
　　一个备忘——关于诗歌、现代汉语、"我们"和其他 // 韩东 // 202
　　在自然与风景之间：中国新诗现代审美的生成及主要表现 // 李海英 // 209

季度观察
　　奥秘之眼、不可化约之物与自我的锚定
　　　　——2022年夏季诗坛观察 // 钱文亮　黄艺兰 // 222

赵飞
《冰冰背 2》
38cm×28cm
布面水墨
2019 年

季度诗人

消失在群山中的白桦林

/ 楼河

1979年生于江西南城，诗人，兼事评论与小说，曾获得《诗建设》"新锐诗人奖"。

女孩为母亲做了一顿最后的晚餐

女孩为母亲做了一顿最后的晚餐,句式
说明这是个仪式,而女孩
带着母亲从医院归来还不知道
这个仪式是个秘密。医生说她没救了,
但母亲却说她已经痊愈,苍白的嘴唇
是一个比悲伤更大的贫穷
回到了老屋的幽暗里。厨房就在厅堂中间,
火塘煮沸了热水里的大米,菜叶子
热烈地溶解了一锅粥,火焰
映照在女孩的脸上流露出她父亲的遗容,
使母亲最后的目光变成一张照片
逐渐在未来的岁月里褪色。
而永恒的凝望是在一篇作文里:
饭做好了,我叫妈妈,妈妈已经死了。
最后的晚餐来到了属于它的时刻,
烟雾盘旋着升起了一个灵魂
但落下了一颗泪珠。

男孩拎着猪肉追赶摩托

男孩拎着猪肉追赶摩托,摩托咆哮,
证明它充满力气,载动青年回到他的村庄
炫耀一身新衣。那是一个夏天的早晨,
那夏天如此炎热因而早晨如此珍贵,男孩
跟着祖母来到了这片田野,嬉戏着
一条路蜿蜒着一条河的美丽风景。
是的。美丽。我会这么说。美丽的江西。
猪肉从摩托车上掉落,
看上去足有五六斤,重量相当于一个重要的节日

而青年毫无反应，让男孩
拎着猪肉追着他跑：停一停，停一停。
他的祖母骂他是个傻瓜，
要他小声点，却到处大声地
渲染这个故事，说明一颗善的种子
会让他获得一个好的未来，把惋惜和喜悦
紧紧地包裹在责备的拥抱里：
乖啊崽，傻孩子，你怎么这么聪明。
男孩拎着猪肉追赶摩托，追了一里路，
他的祖母带着狂喜紧张地追了他半里，
追出失望和懊恼，追成一个同意。
摩托车手终于听见了，停下后变成慈悲的法师，
摸着男孩的头顶把感谢变成祝福，
又在身体触抚的温柔中变成一个父亲，
仿佛要带着这个小儿子去赶集，
在集市上买一辆像摩托车的玩具，
培养他作为男子汉的能力和运气，在长大后
骑着摩托奔命的时候
也会遇到这样的陌生的善心。

如果酒店在深夜

如果酒店在深夜
进入凌晨，数着时间，
寻找清洁工在地面打扫落叶的迹象，似睡非睡的
一个梦
会在窗外的街灯里显影。
会听见行李箱在门外地毯上碾过的声音
也打着哈欠，长着一张疲倦的脸，
走向山洞外的世界，等候
出租车司机把她载向更加疲倦的一天。
如果酒店在凌晨

回到了喧闹的白天,
窗帘将被缝隙里的微风吹起,
拍打床沿和桌面,
提醒矮凳上摆放着一双锃亮的皮鞋,
让领带和衬衫
把它们的主人变成一只风筝,
飞向老城区的屋顶
但却害怕自己断了线。

如果南昌大学一直在下雨
——悼念一位学长

如果
南昌大学一直在下雨,雨声
就会把我们带到从前,不锈钢饭盒
就会在樟树下避雨
但依然像个孩子一样跑向食堂。
篮球场在做梦,失恋的青年
在飞溅的水洼中不会想到死亡。如果
雨在南昌大学一直下,
我们的宿舍楼就会成为孤岛,
让我们意识到世界存在不断瓦解的隐忧。
来自父辈的恐惧在父辈
成为自己时被忘记了,又在某一刻
被记起。所以,如果
雨从南昌大学落到了江西,河流满溢
摧毁桃树,优美而悲痛得
就像我们的父母亲
用一根扁担将我们送进了学校
那告别时的笑容,我们却记起了
彼此的年轻和质朴,
那会在消逝时变成一个谜。而这个谜

是颗露珠消融于
南昌大学无尽的细雨里。

风　景

在一条河流的岸边，
在那两排长长的柳树拂荡着组成的美丽风景里，
有个女孩坐在树荫下的矮凳上写作业。
她的面前是把更高一点的凳子，
这个凳子上放着她的书本和文具，
她一边写作业，嘴里轻声念着口诀。
柳树很大，她身后的另一棵树下坐着一个老妇，
望着她，抱着自己的膝盖，
花布衣襟抖动着遮住了身体下的竹椅。
那是上午九点左右的情形，
高原的仲夏有着低地初秋的凉意，
轻浮的柳枝也在半阴半晴的天气里
暂存在刹那的静止中。
岸边左侧，她们身体附近是个苗圃基地，
紫薇花开放在浓绿的樟叶里。
两个男人，一老一少在那儿浇灌林木，
他们一个戴着浅黄的草帽，一个戴着黑色的头盔，
牵着水管在林子里穿来穿去。
河流很浅，水草漫出河面像暮春时的稻禾，
一个漩涡嗡嗡地响着，
那是潜水泵在里面发出的持续的噪音。
这个声音和女孩的念语，以及
那两个男人的鞋子踩在干土上的声音，
还有那个老妇身体里骨头的裂响，
组成了另一种刹那的寂静。
也许世界真的会在某一刻停下来，
用消逝的时间让我们发现永恒的启示。

细雨中慢跑

呼吸,感觉到了耳朵边的树叶。
在跑步,在细雨中,雨丝像雾更像风。
像那首老歌,少年时代的流行音乐,
歌词夹在作业本里,在教室里传递,
而教室里灌满了冬天的寒风,破碎的玻璃窗外
尚未融化的霜雪。继续跑步,继续听着音乐
而耳朵边仍然有树叶滴下水珠。
呼吸跟随着路灯荡漾,鞋子
荡漾成秋千,钟摆从山洞里移出,
行道树有了秋天的气息。秋天的钟摆
在落叶中演示着宇宙里运动的弧线。跑步,
速度继续变慢,在空无一人的道路上,
夜色照亮了空洞,而鼻尖的汗珠睁着眼睛
在闭上眼睛的瞬间感觉到一种静止,
静止中被压抑的躁动,水中持续上升的气泡。
肌肉中的力量在衰退,细胞中的酸在堆积,
棉花从鞋子里跑到了脚趾,骨头里
正在酝酿一场音乐会,乐器在寂静中试音,
空气里的各种符号飘浮而睡莲分解。
有人在唱歌,在耳机外面,
车声震动着地面,高架桥在头顶奔跑着光速,
未来派正压缩成一颗胶囊,
在电路板里中毒而变成一针致幻剂。
歌声在远处,像从一间小屋里发出。
废弃的公园长满松树,如果阴云散去,月光照临,
就会有一片坟墓升起一座环形花园。
摘下耳机寻找它的踪迹,它依然若有若无,
起伏着像呼吸,颤抖着像风中的叶子。
我继续跑步,等来了变大的雨势。

在细雨中的菜地里

临近傍晚时我骑车驶进一片巨大的菜地，
这菜地从我脚边延展到远方的半山。
连绵的塑料大棚让大地呈现出它的苍白，
在空旷无人的寂静里变得像一场无边的哀悼。
哀悼什么？我不知道。
但悲伤却从心底涌来，生起一种向下滑落的力量，
吸引我走进它的中心。
中午已经下过大雨，初秋的凉意
在高原稀薄的空气中变得深沉。乌云铺满天空，
在幽蓝的远山上游动着它发白的踪迹，
当微风再次吹起，稀疏的雨点落在紧绷的塑料大棚上，
一种合奏悄然响起，渐次密集，让黯淡的时光
迎来一种孤独的等待，等待雪花般的大地上，
有人从塑料棚里走出来，走向边缘的村庄。

菜地里

城市郊区仍有辽阔的菜地，
村庄生长在菜地边上，谁才是主人其实是个未知数。
塑料棚在阴郁的天气里反射着微弱的光芒，
风抖动着篷布的声响让它显得如此荒芜，
仿佛一片发光的沙漠。
沿着田埂走进其中，干燥的尘埃在脚下扬起，
像鞋底升起的浮力，让这片白色的沙漠变得轻盈。
边缘藏在了它的寂静里，摩托车手驶向山坡后，
变成沙漠上空不断消逝的鹰。城市的楼群
稀疏地伸进了遥远的地方，或许那充满灰霾的地平线
其实是座教堂，让我们在沙漠中
也听见了它的钟声。从清晨到暮晚，

村庄与菜地之间的水渠永远流淌着一种声音。
消逝的事物让我们在钟声中祈祷,
但什么才值得我们永远珍惜却是种迷茫。

铁轨外的树林里,一个劳作的男人

一个劳作的男人在铁轨外的树林里挥动他的锄头。
那是一个下午,那是一片松林,是松林里的一块空地。
疾驰的列车翱翔在高空,高架桥从深谷中升起,
像个超现实主义的迷梦一样化身为巨大的象征。
但有人还在劳动,期望着肉身在干旱的土地上获得滋养。
脂肪在燃烧,汗珠在灰尘中被阳光照耀出
一种精神的枯燥,仿佛渴望被解救的不是这无雨的季节,
而是一种意义的悲苦,它统治了所有的风景,
因而这样的劳动也像是面对大地的仪式。
寂静在旷野中流动,车厢里的人到了昏昏欲睡的钟点,
空洞像一种力量,紧紧绷住了渴睡的人们,
身体的翻动有如被鞋底踩碎的枯叶,在半睡中
感受到断裂的痛苦。没有人看见窗外的世界,在此刻
怎样以一种没有尽头的劳作提醒着生命的流逝。

在大雨到来之前坐在湖边看望湖水

一个阴云密布的下午,
我独自来到湖边的一座湿地公园,在暴雨仿佛到来之前,
公园里有一种绝无仅有的宁静,仿佛悲痛融化后的感情。
夏天就要结束了,湖边拂动的柳枝在空气中
对应了水面无尽的浩瀚,远山发蓝,山脊
流淌着下过雨后的白色云丝。滞重消失了,流云里
只剩下疲倦后的轻盈与寒意,仿佛经过了一场无聊的性事。
我坐在柳树下的长椅上,看湖水在乌云中变暗,
飞鸟突然蹿上天空,渔舟在远处的水面漂荡,波浪里

仿佛有一道深渊在脚边移动，而脑海里
有座红色的电影院熄灯后播放了一场暴风雨中的拯救。
来自印度洋的水汽制造了这片巨大的乌云，远海中
也许有一艘白色帆船正在毁灭。所有的
关于恐惧的战栗实际上都是因为我们无法承认自身的平庸。
如果台风天有人走出家门看望大自然的力量，
他其实是想在镜子里看见自己的恐惧，又在恐惧里
期望看清自己。漩涡中，一滴水终将消失于无形，
但灰尘始终飘荡着，以衰老的肉身看望着这面湖水，
用凝视抵抗着自己的消逝。

一棵开花的桃树

当旱季的枯草在鞋底升起，
一棵桃树生长在平原般的菜地中间，
满树花朵孤独地开放。
它鲜艳的颜色是独一无二的，光
笼罩了树身，又像个开关一样打开了
平原这个泥土的巨型工厂。
摩托车手在田埂上骑行，黑色塑胶鞋在阳光下
闪烁着白色的光芒，发动机轰鸣着，
蓝色塑料筐满载了新鲜的蔬菜，在车座后面颤抖。
这是一个明亮的早晨，天空中没有一片云丝，
天际四周朦胧地散发着灰霾，启动了逐渐温暖的正午，
但摩托车手全副武装的身体却像在惧怕寒冷。
也许在远方的城市看不见的角落里，
他每天到达的农批市场是个巨大的山洞，无论
他拥有多么结实的肌肉，多么充沛的荷尔蒙，
是否享受了紧张而愉悦的情欲，
他的小儿子对他的劳作有多么充满崇拜，
他都会在这个洞窟中感到阴冷，在期待中
感到担忧，甚至是一种恐惧的战栗。

夏天将尽

夏天将尽,公园里的金鸡菊已临近枯萎。
雨还在下,下了很久,金鸡菊的茎秆在雨中发黑,
腐烂,变得凌乱,让人想起坟墓。
如果是在春天,雨季来到江南,
会有新的野草从陈腐中长出,迎接漫长的夏天。
现在夏天就要消失了,更加漫长的
是一种秋天的气息,花朵还在开,但茎管里的力
已被蒸发,稀薄的气体在晨跑者的呼吸中弥漫,
即使到了正午也无法聚拢热量。蓝色
在清洁中变得遥远。雨天还会再来,但每一次
都像一次擦洗,等待的是一个无雨的季节。

向日葵和骑马的人

秋天,一场大雨过后,北方的早晨变得清冷而晴朗。
在县城边缘,一个郊区农民将收割后的向日葵搬到了马路上晾晒,
他弯腰撅起屁股,咳痰声在喉咙里打转,但发黑的烟斗
仍然稳稳地衔在两片嘴唇之间。你该想象得出他是什么年纪,
穿的是什么颜色衣服,过着怎样的生活。
硕大的葵花花盘像个弄坏了的脸盆,花托正在变黑,已经枯萎,
而花籽紧实而饱满,抱着仿佛十分沉重。
他的家紧挨着道路,这道路通向哪里我不知道。
房屋低矮,石灰粉刷的砖墙围出的院子,几乎高到了屋檐。
它此刻正沐浴着阳光,在空气中发亮,一如
阳光也照着这晒葵花的人的屁股,让他的头浸在光的阴影里。
劳动让他快乐吗?拥有一个小院的房子是否意味着幸福?
都市里的地产广告上这么写着,却又要你守着城市,
用金钱购买这种时光的陈酿,而仍然享受着年轻人的肉身。
他的脑袋当然也装满了东西,但谁知道他怎么想。

今天的天空蓝得像块布，他家的院墙下还开着几朵粉菊，意味着
有个女主人还在屋中。马蹄声响起，柏油路
从我身后送来一匹瘦马，马鞍上的绒毯已经脏污，
坐着的男人却是个胖子，粗壮的大腿在马肚子上荡漾，一张脸
在阳光下眯缝着眼睛，却似乎把一切都看得清清楚楚，
因而洋洋得意得像个发福的将军。
他一只手勒住了缰绳，另一只手把鞭子轻轻一甩，顶端
就像一个装上鸡毛的毽子，轻轻落在那个撅起的屁股上。
一个葵花盘因此扔了过来，但那匹马
比他的主人还要机警，轻轻一跃就躲了过去。
马蹄声和笑声、咒骂声和驱赶声同时响起，吸引了屋子里的女人，
她跑出来跟着一起骂，从丈夫骂到了妻子。
但一阵混乱后，马路上，甚至整个郊区都重新陷入寂静，
多么怪异啊，争吵带来的兴奋说明，寂静是种错误，但每个人
却又在语言中试图恢复它，咒骂任何一个打破平静的人。
生活需要的是什么真是说不清楚，在城市边缘，
北方的这个边境地区，马蹄声消失的地方是片幽暗的松林，
墨绿色的松枝壅塞在大地上，深蓝的天空升起了发白的云朵，
在本地人的枯燥中，外地人看到的是风景里寒冷的战栗。

消失在群山中的白桦林

白桦林出现在县城边缘，经过一片松林
就来到了它的领地。天气阴沉，似乎要下雨，
而空气已经变凉，秋天正在来临。
南方人来到了这样的地方，惊叹于异乡的风景里
有着梦幻般的亲近。洼地在林子边形成一座水塘，
风吹起水面上细密而轻柔的褶皱，
倒影中的森林像是草地上晾晒的床单。
他把车子停在这里，认定水塘边的白色房屋
其实是幢木屋教堂，在森林与大地的联系中
能够让他感觉到上帝。

湿润的空气里飘荡着朽木的气味，
深吸一口就能洗净肺泡里的尘垢，
让他获得一种崭新的精神。
他顺着一条小路走进林中，感受着
被寂静与清冷包围后的愉悦，赞叹异乡
此时带给他的神秘。也许他拥有一个前世，
前世就在这里活过，而这个前世短暂得
就像这里短暂的秋天，
漫长的寒冷还没有进入他的记忆。
应该发明一种瓶子，像沐浴用的喷头，置身其中
就能把全部的记忆还原出风景、气味和温度，
甚至还有皮肤上的触觉，一粒水珠
带来的是一丝风，风的触须里带着电流。
雨下起来了，在被雨水浇透之前
他回到了汽车里，他感觉自己的神经丛
已经长出了一颗植物的细胞，能够把泥土的性质
组织为一张照片，让他在往后的生活里留恋，
永远记住这片消失在群山中的白桦林。

阴天，自行车在湖边看见波浪

阴天，自行车可能会在湖边变成蝴蝶。
风刮着，波浪涌动，上升与下降
也许是在寻找一种吻合，但脑子里还留着那片蓝莓。
花园是无尽的，如果风一直吹在蓝莓的枝叶上，
自行车就会渴望自己由蝴蝶变成一团云朵，被丝线
悬挂在空中摆荡悠悠。震颤的嗡鸣起自哪里？
蓝莓尽头的蓝山，蓝山下的灰色村子，摩托车停在那儿
像只狗，望向自行车有点儿陌生。小道上，
两头黄牛牵着一个老人，一个老人
牵动未来的废墟，比异地的自行车还要陌生。
有人把蓝莓园搬到帐篷里，在湖边

售卖果酱、果浆和果汁，玻璃瓶
倒映着那面湖，让湖水变紫，装饰着这个阴天。
蓝莓还没有等到成熟的时候，果实
在树叶中间翻滚，在碰撞中逐渐发蓝。风
吹着他的阳伞，把边缘吹成窗帘的波浪，
而真正的波浪还在自行车的轮子下，
在栈道上滚动。身体在风中变空。沙滩上，
鞋子一样的小舟荡漾。这可能是
一种视觉错误，波浪在翻涌，但速度
并没有带来距离的改变，渔舟没有动，船尾
还藏着一个摄影师，躬身盯住取景器，在那儿
等待风景。不，是等待时机。
把蓝莓搬到波浪上会是怎样的奇迹？当
风景与风景相遇，玫瑰是否会爆炸，变成鸽子？
美和善分离，两座岛之间有条船，
看起来就要撞到一起，因为波浪翻涌，视觉
带来距离的错觉，但永远无法到达真实。自行车
继续滚动，如果它真的变成蝴蝶，风景
就会变成回忆，坐在屋子里，花格桌布上
握着曾经饮过的玻璃瓶，抵达一扇窗子。

镜子里的男人

这个男人在照镜子。有段时间他痛恨镜子，
因为他病了，脂肪已经耗尽，
蛋白质在燃烧，细胞在坍陷，露出了里面的骨头。
我猜他已经很久没有走到衣橱边，
在镜子里端详自己的容貌了。
他不照镜子，是因为
也许下一次照镜子时身体会发生奇迹，
但他又深知奇迹不会发生。如此。直到某一天，
无尽的疲倦和疼痛让他接受了死亡。

幽暗的室内，镜子映照着窗外的梧桐
而成为屋子里唯一的光源，
他终于看清了苍白的自己，
并为接下来的死亡做好了准备。

树丛里的红色长廊

经过弯弯曲曲的长桥，就能来到那个红色长廊。
没有人此刻会在这里，退了休的老年人这时也在家中。
世界的安静是为我而存在的，我的存在
让世界变得安静。长廊里的水泥座椅属于落叶中的森林，
森林里有座鸟的教堂已经废弃。
也许空气中会有一颗露珠变得微薄，因为泪水
会在孤独中悄悄落下。在长久的步行后，
发酸的双脚在寻找一双合适的鞋，而走过的道路却在告别。
身体在变冷，呼出的气流微弱得像盏油灯。多少年前，
在告别的岁月里总有一张苍白的人脸，
英俊而飘摇，像在自我哀悼，那暮春时节的大雨，
上山的中年人扛着棺材摇摇荡荡。
树丛掩映着长廊，红色的屋顶在花朵下如此陈旧，
我回想起逝去的片段，就像悲伤能够回报痛苦的养育。
长廊下的溪流也许游动着鱼群，宁静与幽冷追逐着一种流逝。

步行偶入林中

荒废的住宅小区对面有条岔路，
竹林掩映，几根朽木拦在入口，吸引你
走进它的幽暗。
真好啊，竹林里还有树林；
树林里还有座房子，房子里有院子，
院子里停了辆满身落叶的车子。
谁知道呢，车子

或是房子里还有一个人，他修理收音机的样子
像在下棋，所以车轮下
蹲了几只狗。你用呼吸混进它们的鼾声，
避开它们的狂吠。树林里
落叶飘落的声音像是人的足音，
让你觉得在这个荒僻的地方会遇到另一个自己。
渴望，还是害怕？如果
真有一个面色苍白的你出现在你的面前
你将如何分辨
这惊诧的感觉属于哪一个你？
这是苗圃公司的地盘，
密集的树木长得像病人一样消瘦，
他们需要雇人浇水，挖土，修剪旁枝——就像你熟悉的
一块春天里的橘子园，
因而你恍然觉得他们雇了和你同龄的
死去的父亲。他提着铁桶，一身蓝衣，干枯的脸上
堆出的皱纹像个笑容。他死了多年，
你只能在记忆里找他，在幻觉中涂抹他的颜色，
以为是在找自己，
仿佛你也遇到了死亡的危机
或者他的死只是一个实验，一步棋
还有下一步。所以
你闭上眼睛听着落叶的声音
就像用耳朵寻觅收音机里的踪迹，那
雪花似的噪音里
是否闪烁着一个修长的身影，那身影发蓝，
是否将对你喊，让你
给他递来一把扳手、一颗螺丝，然后
让你也闪烁地来到他的领地。

马郎线
——骑自行车去阳宗海的路上

那是一根漫长的线,
你骑在这根线上像是
你在织。
自行车向东而行,先上山再下山,
去追一面飘飘荡荡的湖。
湖边有座工厂,每天制造云朵飘过湖心,
让湖水变得更蓝,
蓝得像夜晚的毒药。
那的确是一面中过毒的湖,砷化物
稀释水里的鱼群
而为翩然的蝴蝶。你追蝴蝶
就是追它们的消逝。
车辆叮当,穿过一个镇子,进入一个村子,
你脸上的汗让你变成一条狗,
身上的背包让你变成一个货架
面临了散架。你喝了口水,
又有力气猛踩自行车的踏板了。
你让自己变成一台抽水机,
蒸发脸上的汗珠飘荡成空气中的云。
云在织,取代你的眼睛,
于是离开村子时
你看见路边分布的菜地和水塘
和种满松树的山峦。
风吹过你的脸,你的皮肤
变成一块不断纺织的布,震颤着
消失的蝴蝶。
几个人从山中走到路边,又有几个人
从路边进山而去,

他们结伴如狐狸，花头巾飘飘
像狐狸的亲戚们去山中看戏。
他们是去采菌，手里的竹枝用来打蛇，而
另一只手里的乳胶桶铺满了松针
像无数指南针，被
地球的磁力引向秘密。
你微笑着，仿佛知道他们心中所思，你相信
只要吃了他们桶里的几朵菌，
就能化身蝴蝶
自由穿行于无穷的消逝。

逼　迫

她对他说起她，
用一种她自己无法理解的口吻
赞美。然后再说起他，
以一阵颇为伤感的沉默
叹息。
当！当！当！
他们家仍然在走的老座钟
敲响了整点报时的声音，
让他起身打开家里的灯光准备做饭。
黄昏了，家里冷得要命，
晚饭是一个十口人的聚餐，
他微笑着
思考着怎样解脱。

低　飞

下雨了，
天气迅速变冷，
腰间的脂肪堆积

垂挂在皮带上，
让人不想出门但心里
依然充满了怀念。
盘旋，徘徊，
可能撑了一把伞，
可能只是细雨湿润了头发。
乌云沉重，降落，
穿梭在摩天楼的玻璃墙；
降落，分散，
村庄也在云雾里
吸饱了水分。
一棵樟树变绿，
油绿、墨绿、暗绿，傍晚来临，
塑料雨棚哗啦一声
落下一阵积水。
打开灯，等着回家的人，
照亮室内
黑色水泥地上的
晶亮水渍。

苹　果

苹果很丑，他的指头发黑，
看样子已经洗不干净了。
镰刀切开一片
逼近的甜味，"嗯，
很甜，很甜"。
他自己在说，因为他没有
接过那片生锈的果肉。
他看出了他迟疑的表情里的意思，
他感到一丝伤害，但
很快用闪烁的目光恢复了他的快乐。

他的苹果拥有前世，
前世可能在英国，
在牛顿庄园，被磨坊的水流滋养。
但他对自己的前世充满疑虑，不然，
他就不会对自己的现状感到沮丧，
甚至悲愤。但他是个快乐的人，
他接受了这样的教育。
他看着他，那个
和他同龄的斯文男人，
他的眼镜片里
有另一种可笑的焦虑，
勤于洗手，失眠和叹息。
他是如此温柔，始终微笑着，
仿佛担心自己那一点迟疑
带来了不可收拾的东西。
于是他也笑了，
像父亲，又像情人的笑。

河畔散步

1
他走到了那条干涸之河，
去闻一种蒸发的气味。吸——
它的潮湿与岸边干燥的
雨后之蓝进入了身体。一块化石
在记忆里解开，
分子分散，游离梦的丝缕。
他的不安似乎得到了安定。

2
一种洁净带来的满足
让他继续深入河心。淤泥像他

曾经劳动过的稻田，他感动于
故乡的艰辛风景，但
很快警惕了自己的道德净化。约会时
有人嘲笑他的贫穷，
贫民窟里的中年光棍竭力掩饰自己的年龄。
他笑——
惊起了两只鹭鸶，翅膀翅趄，
火焰般的闪耀荒谬于双翼的洁白。

3
太阳猛烈，他坐上了河边的芦苇堆，
高速路上的货车像在奔命，烟
在树林外逼成了一条直线。匆忙的信号
串成了一个连环。
他躺在那儿，想起了曾在戏台上看到的隐喻，
无能为力的情侣，不能停下的生活。
蝉声未熄，虫鸣在阴影里像闪烁的灯泡，
照亮了他的寂寥。

路过学校听到的音乐声

晚上九点半，灯火通明的教学楼
传来了音乐声。

那是一种片段性的声音，停了一会儿又起，
混乱的和声仿佛脚步走到了楼梯间。

可能是部戏剧，舞蹈无声地透露出
形式化的信息，关于离别，关于死亡的强烈感情。

但二十岁的学生还无法理解深沉，
中年女老师在教导，在训斥，在绝望。

让人几乎可以想象她深色外衣里的瘦削肩膀，
她的焦虑症足以在她的

锁骨上放颗鸡蛋，但她严肃得
时刻都像在走钢丝。现在她卡在钢琴的节拍里。

"再来一次。"她恼怒又叹息，声音穿透玻璃
滚落到楼下。钢琴重新响起，颤抖着

仿佛在回忆悲剧，或者仅仅是
某个艰难时刻，需要张力和热情，甚至

妩媚也像是在祈求。一个零余者
暗示了整个社会的边缘心态，但它

复杂得超越了他们的认知。钢琴声
强势地响了两下，然后越来越弱，终于

消失为最后的解散。但听得出来，
她的学生并没有离开，他们

停止在一种寂静里。也许在她
低头的颓丧中，他们忽然感受到了对她的同情。

翰墨楼

那是座图书馆，
馆藏了许多古代医书，药方像菜谱。
我走了进去，用借来的卡
听到玻璃闸门嘀的一响，
爬上楼梯旋转又旋转。

真好，里面没几个人，
安静得像个树林，
我走进书架之河，嗅着它的灰尘，
听到楼下背诵课文的女生
休息时发出的阵阵咳嗽。

天气晴朗，阳光穿透玻璃投下方形阴影。
猫在树丛里叫唤，
我渡过书架之河，坐在了
河畔的书桌。这里没有阳光，
凳子冷得像石头，
而我穿着白色羽绒服像只鹅。

摸着坚硬的书桌，想起二十多年前，
我还是个学生，
在更冷的教室里等待上课。
在教室里跺脚，
把肿起来的冻疮搓烂，
捉住里面的细菌，刮尽其中的痒。

我感觉现在也有点痒，
现在也有点震颤。
仿佛过去的我也来到了我的身边，
在影子里蜷缩，
缩成寒风中的猫之歌。

墓园里哭泣的女人

她趴在黑色的墓碑上，
在那儿大声地哭，哭出了满脸的泪水。
但她随时都能

停下来应答旁边人的对话。
她的哭是一种仪式。
那逝者是她的弟弟，墓石发亮，
掩藏在墓园的微风中。
她哭他痛苦的死和不幸的生命，
苍黄的脸充满了倦容。
她的哭是一种真实的悲痛，
把她身旁的女儿也惹哭了，站在那儿
颤抖地点燃了三支香。
但死者的儿子没有哭，
年轻的他也许还没到二十岁，他可能不懂
如何在哭的仪式里控制自己的悲伤，
让今天的情景成为恰当的
告别的纪念。

她在哭什么

她哭着，在山上的坟地
哭她死去不久的弟弟。
"保佑儿子早点成家"
——那是一个瘦削的男孩，
穿着白色 T 恤站在旁边沉默。
"保佑你的老婆身体健康"，
但显然他的妻子没来
（也许在家里做饭等着他们回去）。
"保佑外甥女和外甥郎"，
保佑什么她没有哭诉，
只有一个长得像表弟一样的女孩
挽着她的母亲拭泪。
二十年前，我的母亲也曾经这样哭过，
她为自己的丈夫而哭，
哭着差不多的内容——

"保佑外甥女和外甥郎"。
也许是因为她的丈夫临死时
握着他们的手说——
要像他在世时一样待她。

"冷"的底色，与诗的来源
——读楼河的诗歌
/ 方婷

集中阅读了楼河的近作，第一印象是滚动的语感和杂糅气质，尤其是在一些体量更长的诗中会更明显。第二印象是诗中的形象，类似零余者的孤独个体，和作为观看者的潜在形象，真切，尖锐，有点戏剧性，又略带苦涩的滑稽感。第三印象是镜头感和色彩感。这些印象是在拿起和放下的几次阅读中形成的，也再一次肯定了我们没有办法通过一次阅读捕获诗的完整性。同时，能隐约感到他的诗中有一种同情和拒绝的态度，他在共情笔下这些人物的痛苦和无常时，又不愿意以美化或艺术化的写作态度去触及那些形象和时刻，在根本上拒绝通过写感动自己，拒绝示好，也拒绝善的说教和表演，好像他对读者也没有什么期待，不怀抱什么。诗的终点有一种相似性，都停留在某个凝固的意象，视线消失之处通常是刹那的寂静、消逝和空洞之所在。可能他自己也没有找到更恰当的办法，这些部分要归于何处，或者从一开始他就知道，终点本身就是虚构。

也许是好奇心驱使，又回溯了一下他早年的诗，似乎沾染有一点江南诗的影子，倾向于简洁和轻盈的惆怅，虽然诗的语感和构成与现在的诗还有一些内在的相似性，但气息已经很不同了。江南诗或许是个误会，会把我们引入一种类型化的美感或地域诗学之中，实际也并不可靠，但可以视为一种因缘和练习。曾在一次谈话中，听过他与一行关于诗的动力与目的为何的讨论，他认为诗的动力大于目的，和臧棣一样持一种"治愈"的诗学观点，但我的发现却不是这个问题的结论，而是我们各自所持的诗学观似乎很难超越我们的身份、意识和立场，从更远的追溯去看，我们的出身和成长就是我们历史感和信念感的来源，也许可以通过反思去慢慢修正意识，但超越意味着自我背叛、放弃和更大的勇气。我猜想，楼河已经经历了一次放弃，现在，他在一条新的道路上。下面，我将探讨一下他诗歌的底色、视角、动力与构成。

楼河的诗歌里有一种"冷"的底色，这种"冷"还不只是冷眼的客观性，是一种更深的寒意，关于生命感知的"冷"，有一个逐渐的过程。在几首诗中，这种冷都与"战栗"形成一种并置。洞窟中的阴冷与结实的肌肉、荷尔蒙的对比形成了崇拜眼神中"恐惧的战栗"（《一棵开花的桃树》）。即便是在风景中，他也不忘带过一笔，"在本地人的枯燥中，外地人看到的是风景里寒冷的战栗"（《向日葵与骑马的人》）。从身体感受上说"冷"当然可以关联到"战栗"，但显然诗人要写的是一种更深入的内在感受和意识。在其他诗中，他也为此做过解释，"关于恐惧的战栗实际上都是因为我们无法承认自身的平庸"。但因为这种关联的固有性，"战栗"既成为一种象征，又成为一种限定。

这种"冷"还常常以白色经验呈现。白色的塑料大棚、苍白的人脸，都暗示着一种氛围。当"连绵的塑料大棚让大地呈现出它的苍白"时，就唤起"无边的哀悼"（《在细雨中的菜地里》）。这种哀悼也多次关联到"哭"的形象，楼河笔下"哭"既带有仪式意味，用哭的夸张、表演性、感染性、功利性，甚至滑稽感，使其超越常规。"在那儿大声地哭，哭出了满脸泪水"（《墓园里哭泣的女人》）。同时哭也总是伴随着"沉默"者、自我哀悼者、追忆者、告别者。《最后的晚餐》中，"泪珠"的下坠则意味着灵魂上升的另一形态。诗人好几次把"露珠"和"泪"相提并论，也使得"泪"多少带有净化和超越意味。

这个慢慢变冷的过程在《翰墨楼》中得到了一次集中。随着每一节诗行的推进，都在将"冷"进一步渗透。第一节的特别用词是"借来的卡"，说明一种过客、暂驻的处境，"这里没有阳光，／凳子冷得像石头，／而我穿着白色羽绒服像只鹅"，将"冷"的身体感知转化为一个画面，接着回忆起二十多年前"更冷的教室"，知觉唤起记忆，"等待上课"，一种外围的或间歇的处境，"在教室里跺脚，／把肿起来的冻疮搓烂，／捉住里面的细菌，刮尽其中的痒"。连续的几个句子极为用力地把情绪和力量推到顶点，既契合了身体的感受，也契合了某种内在感受的彻底性和深刻性，最后这种"痒"还贯穿了一段历史，把过去和现在联系在一起。猫、鹅的动物蜷缩形象也回应着"我"的蜷缩。这种战栗、悲悼感、过客身份、蜷缩形象、游魂状态等，也是自鲁迅开始的中国文学的底色。

可这应该怎么在写作中推进和个人化呢？有时也会显得迷茫。

若说他的写作是知识分子写作，并不确切，因为他的诗里并没有知识分子常有的观念化、诗学化，或文化倾向，他所表现的观念主要是一种思辨，而他突出的地方，还是人物形象的刻画、体察的细致，以及杂糅的语感。说他的视角是底层视角，也不恰当。虽然诗中的场景经常聚焦在贫民窟、小县城、菜地等，但他所关注的底层只是一个模糊的剪影，如劳作的人、郊区农民等，缺乏底层的具体性，他感受到的底层主要通过差等性呈现出来。就像《品味》中所分析的高下之别，如何变成贫富之别、阶层之别。几首风景诗中提到的本地人与外来人的格格不入，可能他对局外人或外来者处境的设定既让他感到进入的困难，又极力想要经由写作、观看、体察等参与到世界的构成之中。他的诗又的确能共情并理解这些人的命运和处境，包括一种无常感和无力感。但从他的诗里也能看出，他并不希望被这种无力感打败，这和他在诗歌上确立的信心也是一致的。荒谬感到底荒谬在哪里？局外人如何不可能再置身事外？总是要一问再问的。

那么，还有一种可能，他诗歌的视角和伦理意识主要还是基于一种自己的处境和对同时代人处境的敏感，也包括对"冷"的处境的敏感，以及包围着"冷"的氛围和声音的敏感。《如果南昌大学一直在下雨》中感受到的"孤岛"状态，"让我们意识到世界存在不断瓦解的隐忧"。《在细雨中的菜地里》涌起的自己也说不清的"哀悼"之情，"但悲伤却从心底涌来，生起一种向下滑落的力量，／吸引我走进它的中心"。在停工的高架轨道面前，感受到的"废墟美学"和"未来主义的荒芜"，"陷在幽暗里"的已经搬空的村庄，村庄和菜地之间水渠里流淌的"消逝"之声，车厢里半夜昏昏欲睡中感受到的"断裂的痛苦"等等，孤岛、废墟、断裂等这些处境既带有写实性，也带有象征性，形成对"冷"的某种反馈和丰富，试图去解释"冷"的不同处境和精神面向。

诗中关于历史感的展现，主要是一种父母辈与子孙的传承关系，诗人对他们有一种怜惜之情，一些"谜"一样的时刻忽隐忽现，这种写法有点像吕德安《父亲和我》的写法，多少带有成长和追忆色彩，或者经由一种自己所见所闻和亲历过的生死之事，展开一种生命更深层的往来关系，并把它们上升为一种联结。再者，选择一些带有连接和贯穿意味的形象，关联起过去与未来，如扁担、水渠、桥、船等。再或者，在静观之中，感受到时间的恒常和变化。虽然这些历史意识比较模糊，但从个体生命来讲却具有一种真切性。

留意诗的结尾还会发现，无论在追忆中、叙事中，还是风景中，楼河诗歌的落脚处很多都有一种共性。《菜地里》《在大雨到来之前坐在湖边看望湖水》等一些诗歌中，动词系列通常是"珍惜""凝视""永远记住""抵达"等，这些词本身就意味着抓住和洞悉，而它们的宾语对象则是"漩涡""消逝""迷茫""祈祷""永恒的启示"等，这些词明显带有神秘性和终极意味。这便让我起疑，这其中是否有写作的惯性和词的类同性问题，还是诗人有意这样构建了词的序列和搭配，希望能经由写作抓住一些生活的秘密、启示或虚无？

从诗的推动力上看，楼河的诗主要有三种形式：语感，体察，思辨。近两年，楼河诗歌的语感愈来愈倾向结实、绵长，也更充沛，带来的直接效果便是诗歌的制作性和工艺感的平衡。尤其是到云南之后，他的诗歌之势更壮大，对之前精致、洗练的风格有所革新。一方面，他的诗倾向于不再分节，即使有分节的句式也通常是以不分节的方式内嵌其中，像《如果南昌大学一直在下雨》《如果酒店在深夜》。再者，在诗行中添加更多不同类型的句式和言语状态，展开不同声道和叙述视角的转换，使得节奏更富变化，如《男孩拎着猪肉追赶摩托》中，在叙述的同时不断插入一种说明性的语言和一种絮叨式的低语。再者，在诗行的推进中，不断增加更多细节，使观察和体悟更精微，气息更贯通，如《细雨中慢跑》《风景》。尤其是在一些体量更大、长于思辨的诗歌中，这种语感的优势和变化会更明显，思绪的滚动和语言的滚动同时进行，语速很快，一会雄辩，一会存疑，时而讽刺，时而白眼等，同时混合着对语言和写作本身的反思。特别想说的是，他的语感并不是写作方法的问题，更接近他诗歌的触发。

语感的壮大还有一个途径，便是对小说语言、镜头语言、绘画语言的借鉴与变形。楼河大部分诗的开头都是从描述一个场景或陈述一件事、一种感觉开始的。如"女孩为母亲做了一顿最后的晚餐"，"呼吸，感觉到了耳朵边的树叶"，"临近傍晚时我骑车驶进一片巨大的菜地"，"一个劳作的男人在铁轨外的树林里挥动他的锄头"等，这些开头具有一种相似性，像一个电影镜头开始时的聚焦，语气中包含着冷静、克制。紧接着，就为一种抒情、评议、讽刺或插入语替换，"句式 / 说明这是个仪式，而女孩"，"在跑步，在细雨中，雨丝像雾更像风"，"哀悼什么？我不知道"，"那是一个下午，那是一片松林，是松林里的一块空地"，"谁知道呢，车子"等，这里面有一种句式的游戏意味，可能也有节奏感的考虑，有意做了一些切分，进行舒缓或延长，形成参差感，好像诗人从叙述者的身份中跳出来变成了旁观者，有两个写作者身份在交替，有时也形成对原叙述的打断或澄清。这也是小说中经常会有的一种叙述办法。在一些叙事类的诗里，他会尝试用富有镜头感的方式去推动诗歌的戏剧性，如《男孩拎着猪肉追赶摩托》《向日葵和骑马的人》。而在一些静观和陈述类的诗中，他则会选择以富有绘画感的笔触进行渐次描绘，赋予色彩，甚至通过视角的置换和错觉带来超现实绘画效果。如《阴天，自行车在湖边看见波浪》。

楼河很善于体察人的生活形态与生命形态，尤其是他们的无助时刻，这些人通常是一些身份和心态更边缘的人。一个体力劳动者在日复一日劳作中的黑暗，一个用苍白在镜子前为死亡做准备的人，为母亲做最后晚餐的女孩等，也包括他的亲人。他会把这些形象以富有画面感的特写或剪影来呈现，再结合自己对这种生命形态的体贴和理解。但这种共情也会产生游离和说不清的成分，甚至把他自己也带入一种无助和迷茫中，进而发出"不知道什么值得珍惜"，"消逝和没有尽头意味着什么"，"生活需要的是什么真是说不清楚"等感慨。这其中也有他试图进入他们的世界但又难以进入的两难困境，所以有时候也只能停留在观察层面。

而他诗歌中的思辨通常包含着三个层级：第一层是陈述，即把一个事件、场景或现象说出来；第二层是演绎与追问，类似罗生门的不同立场和镜像，使思路呈现辐射之状；第三层是反思，它们的来源和支撑是什么。与此同时，他最后总是会把这些问题引回语言本身的问题。这三层思辨交叉其间，如《在撕裂中自我毁灭的世界》。且这种思辨常与一种情感上的求真、愤怒、失望等缠绕在一起，迫使他急于要拆穿一些什么。虽然思辨的最后结果可能是"痛才是他的唯一知识和唯一真实"，但这种痛苦感让人还葆有一丝清醒，并最终使诗人回到一个提问者。那么，这种思辨再向内渗透还能是什么？这个思辨的层级是否需要突破？可能对于楼河也是一个需要进一步考虑的问题。

这三种推动力使得楼河的诗写作面向比较丰富，这里面也有限度和写作惯性的问题。更重要的是，他的作品很好地展现出当代诗歌和当代艺术的发展倾向：一种生长性和未完成性，构成大于类型化的美感，真实与对真实的怀疑产生同构，创造和工艺感之间的平衡，经由作品如何去参与世界的构成。

2022年3月，昆明

进入深渊

/ 林丽筠

林丽筠，生活于广东省揭阳市惠来县，一个海滨小县城。除了工作，日常只与孩子、书本、大自然为伴，几无交际。

欧律狄刻[1]
——致敬达菲

事实上,她在期待
他的回眸。像一只打水桶
欧律狄刻,满载水和焦渴的重负
得以失脱于一双有力的手。
力量已经毫无意义
她的决心得以呈现,
而她下降的速度
使他成为消散的那一个,早于多年后
被风暴般的女人们撕碎的
葡萄酒色傍晚。
她看到他的嘴巴大张
像当年在阿尔戈号[2]上胜利的歌唱;
仿佛狂风中的沙塔,他金黄的颗粒
无力而且无措。
她知道自己从不属于他的任何:
围坐脚边易碎的少女,瞌睡的猛兽,来自光明神
七弦琴的守护者,致谢辞中大写的字母
荣誉共同体……她的疼痛嘹亮
甚于他的歌声,但只有蛇知道。
而当她终于没入大地,蛐蛐、金铃子、青蛙的
鸣叫繁星般从她身上升起
她获得自由:
不再被俄耳甫斯的歌声要求

---

[1] 传说中古希腊伟大歌手俄耳甫斯之妻,被毒蛇咬死,进入地狱。俄耳甫斯在将她带回人间的途中回头看了她一眼,致使她坠回地狱。本诗反其意,写欧律狄刻渴望离开这种所谓的伟大,永居冥间。

[2] 传说俄耳甫斯凭借自己的歌声,使阿尔戈号上的英雄们平安穿过海妖塞壬居住的墨西拿海峡。

被耳朵和目光塑造。

天使，和他的音符

  再次，当她压低翅膀
  掠过山脊，那片密林
  跃跃欲飞，如风中翅羽。波浪，夜
  浓郁的低音部，泡沫翻腾如合唱
  撞击天空。她想到飞越大海的人
  想到他蜡制的翅膀，过于粗糙的理想——
  她是安全的，她想，她从不企图太阳
  她的飞行一直都在黑暗中，有时
  在自己过于辽阔的阴影里。天使？是的，她一直在
  天使晦暗的胸腔、喉咙，布满沉默的水域和洞穴
  寂静闪烁——混沌，最初的允诺，无须区别和伪装，回忆中的
  出发之地。她的笔、杯子、书本
  都装在小篮子里——她将飞很久，许是永远
  和同样微小，长着透明羽翼的音符群
  星尘般，随更加沉默的力量迁徙
  往天使咽喉南部，柔软之处。当寒冬
  降临它的嘴唇，她翅翼之末
  闪烁微蓝霜花

  如果不是再没有人谈论天使，没有人相信它的存在
  如果不是天使在自己的辽阔中迷失，被自己美的光芒威胁
  如果不是整个星空都缠进它凌乱的长发，它赤脚奔跑，撕扯硕大羽翼
  她，不会被寻找，被依赖——
  气流，强大的渴求的气息升起，无法抵抗的震颤
  穿透它，和她，白色歌声缭绕天使头颅——
  她来到他面前
  惊讶的巨眼中，一粒身影闪过，在副歌部分

以人的身份

愿我赤裸的身躯能和风交谈
像这些摇摆的枝条
在缠绕和拆分时奏响清亮乐音
愿我宁静的一生像海浪奔腾
信任那必然之力
涌起,退去,跳跃,歌唱
从不渴望
成为取景框里的一角偶然

愿我以人的身份,仅仅以人的身份
荣耀人
无须凭借桂冠、权杖,或花束
在大地之上,双足和泥浆——
这源于同一本质的不同形式
温柔交融,无论何时
聆听同一召唤——

大地迎来让它变得潮湿的雨点
我的灵魂同样响起一阵热烈鼓声

致　敬

在众人中选出一个榜样
与之保持距离:永不相认
然后我专心致志
在古老大地上开辟领土,建立体系
以城邦的精密和巍峨与之对峙,仿佛敌国
以此致敬
那不停生灭,流徙

时刻和人类保持对应的星空

你,和她

你想和那些永恒的事物待在一起
它们更加安全,更加接近
暮年的平静:傍晚,一切声音和动作
幽暗的入口,夕阳——衰弱的火
池塘被橘色的沉默庇佑
你装出智慧的样子
在这些被一再定义的事物面前
尽管仍是一个孩子

但你也是她,那个女人
在野外篝火前跳舞
她跳给"无人"看
她脱下鞋子,再次地
信任夜晚,和那些被星星的传说
切碎的词语,散去的人们的背影
再次地,张开怀抱——
许多年后,大地将给出答案
而她此刻仍在倾听

白 茅

最幸福的事莫过于
来到它们中间
像一片海,想象自己成为一支白茅
小心翼翼盖好
身上不停翻滚的波涛

我忠于

我忠于我的词语
我的笔下没有谎言;我忠于
太阳、星星、清晨里跌落枝头的花朵
带着露珠加冕的荣耀
仿佛还在诉说
作为世界短暂的战栗,正如我
作为我

并非祈祷

信任这荒野给出的呼啸
信任流星走过的路程,尽管它们
来自你陌生祖先的头顶,未来
并不为你的影子所拥有,这微弱的光
仍是你能够领受的唯一回音
信任让一粒种子勉强活下去的土壤
信任她的贫瘠、悲哀、踩满脚印的裂痕
对天空呼叫,焦渴的唇
信任一双不再朝你睁开的眼睛
信任这黑夜的封禁,它的风暴
被白昼远远隔离,它的赞美
来自无法承受的星空的倾斜
信任那双颤抖的手,每条血管
都住着一个乞丐,血
来自圣人冰冷的言辞
信任你,你这女人,披着羊毛毯子
行走在荒原就像住在母亲的子宫
被一双翅膀惊扰,像一块
长满苔藓的石头;一个落拓天使

他嘴唇的嗡嗡声，气息
带着深渊腐朽的清凉
醒来的泉水突然变成一株青草
信任你的奔跑和惊跳，像一只鹿
在文明的眼睛里显得赤裸
像一个词，跃过半梦半醒的睫毛
这大腿的虚弱，信任它
当黎明将它尖锐的角
播撒在你的额头

邀　约

来吧，和我跳支舞
那频率说。水晶之夜，林中空地
脑垂体下面的篝火
明明灭灭，我独自一人
已跳了许久。

我像一匹狼，孤独重复
孤独，白骨叠白骨。柔情华尔兹
肉和火相互吮噬的探戈，燃自布宜诺斯艾利斯
肮脏的码头，吉特巴，波浪，我擅长模拟
另一个的存在，我擅长从胸腔
喷涌玫瑰，在夜空培植闪电。

你只需是一个影子，步履轻盈；是麦浪
我的气息柔软你的四肢
只需要把脸朝向我，让我，节奏分明的刀
镂刻——脸就是你的帆。

我爱你，我爱在我的音域航行的
破败荒原，我爱这肢体起伏又熄灭，火狐狸

目光里的汩汩水声。我爱你进入我
蜂蜜般浓稠的黑——

森林深处，我浑身鳞片般闪烁着
脸，千万张脸，千万种存在：绯红的，多汁的
苍白的，枯竭的，童年，青年，猩红的
中年，风干如蜜枣的晚年，河流般宽广的
火柴棒末端仅剩的……

走近你，欠身，伸出沉稳的右手，我彬彬有礼
把你摘下，轻贴于胸前，空隙。又一鳞片
镜子，缄默的双唇，眼眶大写的O——
风吹响它，像吹响漫长的隧道

我不知道我将去往哪里

我不知道我将去往哪里
我只知道在奔跑中
身体越来越透明
衣裳如流云一丝丝飞逝

脚掌近于虚无，再次淌过溪流
石子尖端不再催促疼痛
如世界哗然绽放
我可以轻而易举地跨越山脉
它们肿胀如隐忧，青灰
沉向天空，镜像般期待召唤

风越来越轻柔——
我们之间，再没有费解的言语
再没有哽咽的期许
像往日，艰难地挤过门缝

像雷霆，彻夜咆哮在玻璃窗

降临我，穿越我，就像穿越阳光
你掠过我轻微的隐喻的颤抖
我赋予你淡淡的翅羽的金黄

隐形人

"……要使这种纯洁是真实的，它必须是尘世的……"
　　——米沃什

他缠上绷带，为了更加纯洁
装上假鼻子，在一张虚空的脸
白手套戴于无形之手，衣服是宣言
——他将加入他们

崭新的丝绒皮肤，他用它触摸自己
身体发出沙沙声，在镜子里
他得以看见自己
因为物的堆叠

大街：车流，人语，摩挲和扩张
人影摇摆，在灰色钟形罩
像慢镜头下的一颗子弹
他没入烟雾

如果无形的恩宠是永恒
他已厌倦了日出，一次次
从无法确定的边界
一株龙眼树长出，在额头

他渴望一个身体

可以留下钉子和吻
尽管华服之下的一无所有
更近于真理

直到她出现,将匕首刺进
他空荡荡的胸膛,淡红边缘
缓缓圈出,血
自刀尖,涌进他

被吞噬的

吐出我,像吐出一根白骨
从累累词语中
选中我

我是你的婴孩,从你的嘴巴诞生
我洁白的梦幻
不被泪水污染

要　　求

本来你想说
接下来应不再需要远离
流星般,把自己抛向天空
一面被你反复打磨、抛光的镜子

因为深入到风景内部
一枚果核,或者一块岩石
已经获得关于稳定品质的嘉奖
已经穿透世界,从发黑的果皮
到甜蜜的汁液,从熟烂
到枯萎。一个更加辽阔的空间

取代你的身躯

但你突然意识到
那些流逝的
终将返回,尽管更换了名字
或手套;那些曾经试图捆绑你的
将再次试验它们的柔韧度
在你身上。像蚁丘
在你天天走过的路边
缓慢而耐心地重建自己

而那个声音将再度响起,风暴般
撼动你生命的根基
而果核或岩石,它们坚硬的部分
同样提出剥落的要求

什么在发出声音

不要回避那声音,细微疼痛
仿佛刀尖冷光,钟锤摆动
嘶嘶割裂声泛出涟漪
在强大如虚无的黑暗
在渗进指尖的寒冬

不要回避黑夜对影子的拷打
当玫瑰色之吻尚未融解霜花
双眼深渊未被填平
皮鞭和流血的背有相似的光泽
强权和卑怯诞生于同一子宫

不要回避那滔滔之声
希望的河流,抑或黄沙狂浪?

当它覆盖古老大地
覆盖仰向天空之脸
当你屈服于一滴泪水

不要回避那召唤如同嘲讽
它们有同样美妙的声线
结伴穿行于血脉和尘埃之路
携带同等分量的夜晚
手指光芒闪耀——

猎户座、大熊座，它们指向星空
——方向，或者讥讽？
不要回避血肉撕裂之声
一块骨头急于挣脱充满警报的身体
一行盲目的血开始攀登纸上山峰

不要回避溺水者的目光
它在瞬间撞响生死的大钟
在清澈水底凝结道路和词
获悉所有秘密，因此解脱艰辛

不要回避这样的清晨，芬芳的嗓音
绽放于光的柔情
枯萎于光的强盛
你别着它，在胸襟
仿佛哀悼，仿佛舞会上的花枝

——什么在发出声音？
——水滴。
　　水滴永恒，在时光永不荒芜的绝望中。

手　艺

这门手艺天亮就会灭绝，在这岛上
但她仍聚精会神
锻打，雕刻，掐丝，在太阳升起前
把它戴于头顶，另一个握在手里
躺进泥土
孤独，威严

有时，它们银白的声音会响起
惊动死者们
她翻身，继续睡觉

同一性

诗歌终将消亡，镣铐也是
芒果树们高高挺立，果实发亮
同一只雀鸟将会到来
当所有房屋坍圮
海上升起另一座岛屿
闪烁灯火和人语
同一只尖锐的喙啄开果皮
同一条柔软的舌头卷起果肉
黑眼珠映出一个身影
——它知道，不是你，当你经过
自以为像从前一样经过

愿谦卑把我照耀

山是永恒，对于我
是浪尖涌向天空的一瞬，对于地球

在诞生和毁灭不停的星系
它并不存在——一片巨大的翅膀

掠过，意识的水面微微起皱
我踱着步，在狭窄的房间
微笑，像一片绿叶颤动
在无法预期的风中

我感到羞愧：愤怒，嫉妒，贪婪
这些炮眼深埋于肉体，期待庆典
我和全人类共同画着一幅漫画
唯一的主角是我们

而今我被阴影庇佑
渴望撕下标签，哪怕连着血肉
在夜间行走，不再呼唤灯
爱的时候，愿谦卑把我照耀
而如果有一天，我被召唤，被一个声音
从不曾把我记起，也不曾遗忘
我愿意是因为，我一直用双手寻觅

关于阳光、树，或者你

此刻海比听觉遥远
蔚蓝仅一粒灰尘的重量，空间
重新调整距离，无关想象。
我意识到阳光
恰如一个人的言语思想
阴影增强抵达力度，
仍固执寻找谎言
沙滩上的淘金者，渴望光明
却一次次进入黑暗，你不会知道

我用一个上午，反复问一棵树：

如果终将成为十字架，果实和花朵
是否毫无意义？如果必定驶向大海，刀斧砍凿
是否应哀叹当初的舒展苍翠？

山

你想告诉我一些事情，我知道
你停下波浪般的脚步，看向我

我是一道岸，你是
另一道

在我们的身体之间，流淌白天
黑夜，闪烁的村庄，孤独者
缓慢的步伐

池塘，梦境
打开像安静的丝绸

溪流缠绕脚踝，夏天
像秘密闪亮
而有一些事物
轰然驶过，瞬间淹没你我

更多时候，只是目光清澈
空间在凝视中静静生长

时而成为石头
时而成为灯火

我知道你想告诉我一些事情
你停下脚步，看着我

射 手

所有射出去的箭都在途中掉头，奔回射手自己
他知道这样的结局
他期待这样的结局
在幸福得近乎痛苦的震颤中
他安顿了自己
以及虚构出来的世界

进入深渊

你要相信海和火焰
翅膀的断折和头颅的风暴
伤口和玫瑰有同样的色泽
血就是路

你要相信遥远的传说将在未来显现
光的词语是遍布的山石
燃烧的事物最终不是冷却
星球诞生于灰烬的渴望

你要相信手，相信这亘古的温度
当你迈进古老伤口，天空延伸进大地的裂痕
胸口绽放极夜，相信词，唇和舌
唯一的韵律打开通道
抚触之水开始说话

秘 密

事实上,那颗石子在他肚子里
白天吞下,晚上吐出——
这是秘密,只有他知道:
他自己就是山崖,是那只凶残的鹰
叛逆不羁的盗贼,至高无上的统治者
是受罚者,也是全能的施惩者
是整体,也是被分布的万物——
只有当他倾诉,他才成为
受害者。

奥菲莉娅

奥菲莉娅赤着脚奔跑
几乎不能停顿,迅捷
像手指卷过琴键,像一道闪电

声音从四面八方响起:
留下吧!留下你惊恐的闪烁
留下你的脚印我们将为它
覆上尘土和诗
留下你穿过草丛的窸窣
我们将以此判断你是高贵
还是卑下

这是对水的嘲笑
奥菲莉娅说
她的嘴巴含着树叶
卷发被水草缠绕

阳 光

今天我和全部的阳光在一起
全部的世界，重量和旅途
胡须结着霜花的拾荒者，一支红玫瑰
医院的白床单，冒烟的催泪瓦斯

今天阳光点燃一串细微火把
在我身上，仿佛在巨大的黑夜
我知道了爱
我知道地球是一颗泪珠
落自不被知晓的眼睛
我知道它正在蒸发
未曾抵达便已消逝

我知道在无尽黑暗中坠落
光的短暂是盐的永恒
我知道，在这样的时刻
我和你在一起

"忠于清晨跌落枝头的花朵"
——林丽筠诗歌阅读札记
/ 陈培浩

气流，强大的渴求的气息升起，无法抵抗的震颤
穿透它，和她，白色歌声缭绕天使头颅——
　　——林丽筠《天使，和他的音符》

1

　　林丽筠令我惊讶。网络时代诗歌写作如同一场大面积传染病，谁人都可感染，可传播。诗歌的门槛被降得不能再低，这事实上增加了真正写作者的难度。每日浸泡在种种劣诗伪诗口水诗中，真诗或淹没或逃遁或自我降维。所以，面对源源不断涌现的当下诗人，不知别人何感，我是疲倦的。每天都能读到似乎还行的诗。"还行"意指，在当代诗的基本语言模型和尺度中，这些诗都像模像样、煞有介事。可是，我越来越少读到令人惊讶的作品。惊讶源于例外。当代青年诗人作品中，最常读到的类型包括：内心的漩涡、日常的聒噪、戏谑的解构，当然还免不了乡土的抒情和高音的颂调。这些写作，或许曾引领过潮流，却慢慢蜕变成循规蹈矩、敷衍了事的匠人做派。林丽筠的写作内部却有着一股强劲的精神飓风，不安于在已有的审美领地中按部就班地走队列。飓风来自它对当代精神难题的尖锐提问，飓风环绕于当代精神的湖面，激荡其圈圈层层的词语涟漪。林丽筠的诗并不放弃抒情，却跳出僵死的抒情之外，葆有新鲜的情动；她的诗并不放弃细节和感性，却始终自觉于对当代人形而上困境的追问；她的写作没有驻足于单调的经

验敞露和内心独白，而通过语调、句式、情境的多重戏剧化探求抒情的新可能；她没有因此而走向冷艳的技术主义，也没有因为世界遁入长夜而放弃向光而生的内在意志。因此，她的诗呈现了一种综合性的精神品质：它虽未跃入思的领域，但从未对人类终极精神事务失去兴趣；恰恰相反，它念兹在兹的正是人的困境和人的可能。在暗质杂生的时代，她不是批判者，也不是悲观者，而始终是诗和人文精神的信仰者和歌唱者。林丽筠的诗仿佛黑夜传来的天使歌声，这歌声不是黑夜的合唱，不是自我抚慰的牧歌小调。它是悲哀的诗人守着金子般纯粹的心在歌唱，歌唱人的悲欣和可能。

2

> 这门手艺天亮就会灭绝，在这岛上
> 但她仍聚精会神
> 锻打，雕刻，掐丝，在太阳升起前
> 把它戴于头顶，另一个握在手里
> 躺进泥土
> 孤独，威严
>
> 有时，它们银白的声音会响起
> 惊动死者们
> 她翻身，继续睡觉
> ——《手艺》

《手艺》将我们带进一种隐喻性的追问：作为一个手艺人，在手艺即将灭绝之际，当如何自处？诗歌主人公仍全神贯注于自身的工作情境中，"聚精会神／锻打，雕刻，掐丝"。这是一个强大而不受干扰的精神主体，不为所动来自对精神尊严的捍卫。我们工作的热情来自哪里？当然是来自内在的热爱。但热爱也常常被外在的荣辱所影响和塑造。热情常常以荣誉感为基础，至少需要安全感。重赏之下必有勇夫，这是社会学规则；人不堪其忧，回也不改其乐，这是淡泊退守者的姿态。可是颜回毕竟拥有基本的安全感，他可以确信，仁不会消失，孔子之学不会消失。可是,《手艺》中的这个手艺人,她面临的是覆巢之绝境。这首诗的提问是:覆巢之下,可以有完卵吗?她不迟钝,更不是无知。她知道丧钟敲响,危在旦夕。所以,她聚精会神的劳作便不同以往,而带着只能靠自证来支撑的全部精神确认,带着主体的孤独、尊严,和凛然不可侵犯的威严!临绝境处的表现,中国古人并不少有。"嵇中散临刑东市,神气不变。索琴弹之,奏《广陵散》。"嵇康临刑而奏《广陵散》,荆轲风萧萧而远行刺秦,人常谓之为风度和勇气。可是,风度和勇气是外在的,可展示的,是英雄主义式的。在《手艺》中,手艺天明就要灭绝,手艺人依然全情沉浸于自身,这不是英雄主义的风度,这是一种求诸于内的精神确信。惟大信而大勇,惟大孤独而有大威严。我喜欢林丽筠诗歌展示出来的这种境界,它深具当代意义。由这首诗,我想起陆忆敏的《风雨欲来》,陆1980年代就出名了,只是后来突然不写了,她与诗人王寅曾是诗歌伉俪。

> 那是在最平静的日子
> 我们好久没有出门旅行
> 没有朋友来到城里
> 喝掉我们的这瓶酒
> 有人来信
> 谈他清淡的生意
> 有人用打印的卡片
> 来祝贺生日
> 你已在转椅上坐了很久
> 窗帘蒙尘
> 阳光已经离开屋子
>
> 穿过门厅回廊
> 我在你对面提裙
> 坐下
> 轻声告诉你
> 猫去了后院
> ——陆忆敏《风雨欲来》

这首诗纯用口语写成，看似简单却包含了此在和远方的多重空间，有一种风雨欲来之前引而不发的平静和骚动，将无限蕴于有限之中。两个人，在一座院子中，只有一只猫跟他们相伴，那一瓶酒已经放了很久，打开而没能喝完。房间里只有一些不咸不淡的来信和贺卡。窗帘蒙尘已久，阳光已经离去，男人深陷于转椅上，等待着一种莫测命运宣判的到来。这是诗在平淡中表现出深广的命运感。第二节非常有画面感，一个在命运重压之下的女人，依然保持着优雅的步态，且看她提裙，坐下，轻声说。猫的存在既给死寂的诗歌空间带来了某种动态性，也带来了寂寞，毕竟只有猫相伴。这首诗在一个深陷命运未知的男人形象之外，也带来了那个在重压之下努力优雅平静的女性形象。

两相比较，我以为《手艺》中的女性形象更孤高决绝，更有力量。她存在于这个丧失的年代，面对最大的丧失将要到来，她的内心未被摧毁，简直一切如常。这是一种极高的修炼，这种修炼在今天显得尤其重要。在一切常识都可能被颠覆的时代，人们很容易成为一个随波逐流的机会主义者或怨天尤人的虚无主义者。巨兽摧毁现实之前，必先摧毁了我们的内心。所以，抵抗巨兽，便是捍卫我们的内心，捍卫我们的确信。我现在明白，林丽筠诗歌打动我的，正是那种对人、对生命内在的尊严一往无前的确信和歌唱。唯此，她才能写下：

> 我忠于我的词语
> 我的笔下没有谎言；我忠于
> 太阳、星星、清晨里跌落枝头的花朵
> 带着露珠加冕的荣耀
> 仿佛还在诉说
> 作为世界短暂的战栗，正如我
> 作为我
> ——《我忠于》

才能写下：

> 愿我以人的身份，仅仅以人的身份

荣耀人
无须凭借桂冠、权杖，或花束
——《以人的身份》

在诗里面，言与道合流，言即为道，道化为言。诗人必须捍卫忠和信的生命。诗人之忠，不是作为从属者的忠诚，而是将诚实，将内外、言行如一作为一种至高的生命伦理。活出一个诚恳的生命，活出一个人的洁净和芬芳，这是诗人之忠，也是诗人之信，是我们时代的大修为，也是大召唤。

3

现代汉诗从精致的古典诗歌中摆脱出来，最先要解决的是挣脱紧身衣的问题，然后，则是锻造新语言、创造新抒情的问题。"我口写我心"主张直抒胸臆，却很容易落入简陋的陷阱。一部现代汉诗史，就是一部反抗语词单调性的历史。在抵抗单调的过程中，产生了"新诗戏剧化"这样的洞见："'新诗戏剧化'，即是设法使意志与情感都得着戏剧的表现，而闪避说教或感伤的恶劣倾向"；"尽量避免直截了当的正面陈诉而以相当的外界事物寄托作者的意志与情感：戏剧效果的第一个大原则即是表现上的客观性与间接性，我们从来没有遇见过一出好戏是依赖某些主要人物的冗长而带暴露性的独白而获得成功的"。（袁可嘉《新诗戏剧化》）诗歌是一场词语从单调向复调冲锋的永恒运动。诗歌在意义的求索中常常从平面转为立体，从线性走向网状，从单维抒情走向戏剧化。在此过程中，也走向了袁可嘉所谓的"现实、象征、玄学的新的综合传统"。新诗戏剧化并不意味着写戏剧诗，而是善于通过将诗意和抒情植入场景、典故、传说等戏剧情境，在话语的剧场中使抒情得以寄身、延展和重构。显然，林丽筠正是一个善于新诗戏剧化的诗人。

《欧律狄刻》《天使，和他的音符》是林丽筠实践诗歌戏剧化的代表作。

《欧律狄刻》诗后的注中林丽筠已将典故及立意做了说明：

> 欧律狄刻：传说中古希腊伟大歌手俄耳甫斯之妻，被毒蛇咬死，进入地狱。俄耳甫斯在将她带回人间的途中回头看了她一眼，致使她坠回地狱。本

诗反其意，写欧律狄刻渴望离开这种所谓的伟大，永居冥间。

这同样是女性立场的表达，在俄耳甫斯和欧律狄刻之间，古希腊神话当然是英雄主义本位的，女性是被拯救者，她渴求英雄丈夫的拯救，以逃离地狱。林丽筠发现并反驳了神话想象中的男权倾向，发掘了从女性视角逆写神话的可能。在诗人心中：欧律狄刻并不盼望离开地狱，"事实上，她在期待／他的回眸"：

> 她知道自己从不属于他的任何：
> 围坐脚边易碎的少女，瞌睡的猛兽，来自光明神
> 七弦琴的守护者，致谢辞中大写的字母
> 荣誉共同体……她的疼痛嘹亮
> 甚于他的歌声，但只有蛇知道。
> 而当她终于没入大地，蛐蛐、金铃子、青蛙的
> 鸣叫繁星般从她身上升起
> 她获得自由：
> 不再被俄耳甫斯的歌声要求
> 被耳朵和目光塑造。

与离开地狱相比，她更渴望的是平等的爱和自由。她不愿意承受被要求、被塑造的爱，她不要"从属于"，她要她自己，"地狱"对她乃是没入大地，当她作为自己身居"地狱"，万物"繁星般从她身上升起"。她成为她自己，别人眼中的地狱，倒是她自己的天堂。

必须说说《天使，和他的音符》。如果只能从林丽筠的诗中选取一首，我的选择正是《天使，和他的音符》！在将抒情和精神主题融入戏剧化情境方面，此诗与《欧律狄刻》一脉相承，然而它不是逆写典故。不，在戏剧化方面它更加如盐化水、不着痕迹。这首诗重叠着林丽筠诗歌艺术和思想的双重谜底：艺术上那种戏剧化的抒情和思想上对天使之歌的信赖和呼唤。由此，诗人化身为倾听天使歌声的人：

> 再次，当她压低翅膀

> 掠过山脊，那片密林
> 跃跃欲飞，如风中翅羽。波浪，夜
> 浓郁的低音部，泡沫翻腾如合唱
> 撞击天空。她想到飞越大海的人

天使降临人间，可是，这已是一个"再没有人谈论天使，没有人相信它的存在""天使在自己的辽阔中迷失"的时代。这首诗并不借典，它自行构造情境，它隐喻的正是我们时代最内在的精神危机。林丽筠诗歌的动人处，不仅在于它说出，它显影，更在于它有一种天然的信的力量。世人不再谈论天使，世人不再相信天使，世人不再看见天使。世界遁入长夜，唯诗人听见天使的歌声。林丽筠一定长久领悟过里尔克的启示："我在这世上太孤独，但孤独得／还不够／使这钟点真实地变神圣"（里尔克《我渴望映照你最丰富的完美》）。在她这里，诗人不仅是目击者，不仅是词语炼金术士，诗人更是天使的信仰者和寻找者。有必要注意到这首诗中的三个人称——"她""它""他"。在这三个人称构成的张力中，"她"是天使的寻找者，也在寻找中化身如天使般飞翔的存在者；"它"是"在自己的辽阔中迷失，被自己美的光芒威胁"的天使，它赤脚奔跑，撕扯硕大羽翼。天使不是天然的拯救者，"她"和"它"在相互纠缠中互相照亮，互相拯救：

> 气流，强大的渴求的气息升起，无法抵抗的震颤
> 穿透它，和她，白色歌声缭绕天使头颅——
> 她来到他面前
> 惊讶的巨眼中，一粒身影闪过，在副歌部分

我不愿意将"他"简单理解为某个存在者，那太局限；也不愿理解为更高的存在，那可能并不符合于林丽筠内在的女性立场。"他"可能是一个理想的对话者，在林丽筠那里，女性不是被动的被拯救者，她压低翅膀，就是天使自身。天使在漩涡中，天使在阴影里，天使不是神的恩赐，而是女性的自我完成。当然天使也可以是广义的人，让人成为人也是林丽筠基本的诗歌价值观。

4

2022年6月13日,我到福州三坊七巷的 Ease Day Cafe 见几个诗人朋友。陈初越兄牵头,曾念长兄、郑章钦兄等在座,因诗人吕德安第二天就要到美国去。望着外面这场仿佛从上辈子就一直在下的暴雨,吕德安问起我喜欢谁的诗,他有石头一样的面庞,应该也有石头一样的灵魂,朴素,坚硬,有力。那时,我心里始终被一个念头萦绕——该如何穿过这场似乎永不停息的雨?它仿佛从上辈子下到现在,不知是否会下到下辈子。我谈到几个诗人,也将正在读的林丽筠的诗发给在座诸君。吕德安话不很多,只道:她的诗好!他自是发乎于心,因为他说到几位有名甚至著名诗人,直接臧否:不是我理解的好诗。后来,我也将林丽筠的诗推荐给好几个朋友,无一例外,诗的电流都成功传导。现在,我想说,如何穿过这场仍在下的雨,林丽筠给我的启示是——站在天使一边!

组章

我终于没有活成愿望中的自己
/ 张执浩

给羊羔拍照

你那么小的样子让人想到了无
要是无多好啊,就不会有
往后的辛劳和无辜了
你那么雪白的颜色让人想到了有
要是有多好啊,就不会担心
来到这世上的初衷了
从寻找妈妈起步
到妈妈先走一步
你那么柔弱的样子让人想到了眼泪
调皮的时候想流下来
温顺的时候也想流下来
你那么心甘情愿的样子
多像一根青草沾在嘴角
你甩也甩不掉
你还没有学会吃它
还没有见识过人世间的辜负

大陶家巷

  大陶家巷的口子两边云集着
  一些卖水果的摊贩
  每次去人成路买菜我都要
  在那里看一看，哪些水果
  是我从未见过的
  有几回一个卖鸡蛋的人
  夹在其中，13元一板30颗的鸡蛋
  垒在三轮车上，高高的一摞
  这些危卵异常醒目
  往里走是一家风味瓜子店
  公厕的对面有一溜矮小的门面
  冷冻、熟食，卖什么的都有
  卖藕的把藕和藕带放在路边
  卖豆腐的从来只卖豆腐
  窄窄的巷子每天有多少人在走
  不知道其中有没有人姓陶
  二十年了吧，我从巷口拐进菜市
  返回的时候远远看见
  巷口马路对面的那家花圈店
  门两旁放着花圈、蜡烛和纸钱
  店内墙壁中央挂着一个人的遗照
  似乎从来没有换过，没有一个人
  能回避这死去活来的日子

真正的冬天

  真正的冬天不是现在这样子
  下了雪也不是，结冰了也不是
  真正的冬天你经受过了

就再也没有机会去经历
北风在旷野上吹着尖锐的哨子
沿途叫卖形状各异的冰棍
父亲在草垛旁费劲地给牛犊穿鼻
哈出去的热气像透明的头套
罩住了他们各自退缩的神情
真正的冬天并不一定有雪
但所有的水面都结上了厚厚的冰
冰面上有大风折断的树枝
有草帽、解放鞋，还有一堆药渣
劁猪人像一坨墨汁
从河对岸上飞快地滑过来
路过菜园时，他顺手
从我母亲的菜篮里抓起
一只带绿色菜缨的红皮萝卜
他把萝卜缨扔进猪圈
从怀里掏出锋利的劁猪刀
真正的冬天就是那样一把小刀
无名少年睾丸紧缩
只要一想到灌满裤管的风
我就不由自主地打个寒噤

没有送出去的伞

要下雨了
我独自在家
家中唯一的一把布伞
歪靠在天井一角
我思忖着是否要抢在下雨前把它送出去
爸爸妈妈哥哥姐姐分散在房前屋后
我拿起伞站在屋檐下
乌云在天空中翻卷

过了一会儿就堆积成山,再也不动
风也停了,站稳的树枝上只有蝉鸣声
我走上开阔的土台四处张望
隐约看见他们都分散在房前屋后
我拿定主意把伞送到芝麻地里
姐姐正在地头弯腰锄阜
我拿定主意的时候
雨已经落了下来
豆大的雨点把我赶回了家中
撑开的雨伞好几天没有收拢

迎风歌

立秋以后大地始见本色
草木抖落太重的绿,往自己身上
涂抹一些枯。暑气仍然
在腾涌,但经不住秋风阵阵
我在窸窸窣窣的田畴间穿行
在彼此纠结拉扯的关系中寻找
每一种事物的来龙去脉:葫芦和丝瓜
攀附着葡萄架,长长的豆角有如门帘
拦住了菜园的入口;两只金黄的南瓜
不知何时爬上了梨子树丫……
起风了,这是先前吹过我父亲的风
如今又来吹拂我汗涔涔的头发
起风了,我不会像父亲一样固执于此
不为收获所动;我来回践踏着
记忆里的一幕幕:唉,有些作物
只有在行将枯萎时才能看清
它们一生一世的结果

谶　言

用讣告的语速朗读一首诗
怀着歉疚，怀着宽宥之心
去感受所爱之人
他的出生与晚景无异于常人
但无人知晓他是如何战胜
这日复一日的平庸
鲜花很美但最后
也会开出愁容。人间的大欢喜
莫过于破涕为笑，怀着
扫地僧的平静让我
把身前身后的落叶拢到一起

这　厢

一位姑娘挎上竹篮
就消逝在了后山
她知道蘑菇今天会在哪里等自己
她知道自己兴许会在山中遇见谁
一位大叔拄着棍杖去深山老林
挖松露，两条狗兴奋地
在他身边跑前跑后
雨后空山，山外有山
我在这厢
远远地看着那厢
东半球过去了是西半球
姑娘，和大叔
从未相见又何来重逢

雨后抒情

雨后。我们收起伞
并排迎接似有若无的春风
如果那时候我学会了抒情
我会说：那天的空气里
弥漫着青年遗孀的气息
但我只是短暂地偏离了道路
猛踹一脚路旁的杏树
然后一路狂奔，留下你
恼怒地站在树下尖叫
雨水落进你的发丝和脖颈
可以想象那种凉，和冷
多年之后才会有人帮你擦拭
多年以后我穿过一层层雨幕
来到了昨天的这场雨后
我已经熟练地掌握了抒情的技巧
留给我的春天已经不多了
还能忆起的都不是错觉，是觉悟

在曲园
——秋雨夜致河南兄弟

在北方造一座园子
一定会残留南方的痕迹
就像南方人去过北方
一定不肯轻易掸落北方的风尘
而在中原，造一座园子
并不比造爱容易
你有爱的权利而她
曲里拐弯，秘境

一直通往我们消逝的青春
谁会在意梦中的现实呢
石头来自太行山
钢板来自钢铁厂
我来自已经遗忘我的地方
我们坐在深秋的凉亭里
侧耳倾听身边的鱼吻
那是多么轻柔又绝望的声音啊
多么像爱到尽头之后的
爱无力。我想起来了
这是我前世来过的地方
从一道窄门进来
随一片云烟里出去
我终于没有活成愿望中的自己

航拍生活

终于理解了上帝
人世间有这么多的苦
为什么他都视而不见
当无人机盘旋在我们的头顶
身处沟渠中的人也获得了
全知全能的视角
一种波澜壮阔的美铺展在眼前
终于理解了美
由苦难造就
却盘旋在苦难之上
大地上并不存在废墟
人世间也没有废物
一种波澜壮阔的美
在沟渠中汹涌

(选自《江南诗》2022年第3期)

过时的想象
/ 巫昂

海

每天醒来,我都意识到
自己体内有一个悲伤的海
一层又一层的海水涌起
从嘴里、鼻腔、眼睛和耳道
海诞生于我的深处
浮现于我的表面
静止于月出的时刻

献　词

我要把这个午后
一段忽高忽低、飘忽不定的时间
转赠给你
"你会记得两周前
一日三餐吃些什么吗?"
但我记得每一次读到你
内心的不安
我要把这午后
一位有神论者走神而迷离恍惚的片刻

快递给你
在距你三千公里的地方

听我说，亲爱的

听我说，亲爱的
你既要宠我，又不要太宠我
让我对自己的处境有着比较清醒的认识
你既要爱我，又不要太爱我
让我保持对爱最起码的敬重
你既要想我，又不要过于想念
让我能够在你不想我的时候
陷入自己虚拟的困境
你要将我视若珍宝，而不要轻如草芥
让我学会将珍宝藏在草芥之中
隐藏它们的光，暗淡它们的亮
与此相对应
我也将爱你少一点久一点慢一点
深一点
松动一点，鲜活一点
无删减一点

和你说话的时候

和你说话的时候，我是混音软件
听到自己的声音
并听到你的
将你我仅有的不同
糅合成一轨

不和你说话的时候
我将那一轨，又拆解回两轨

于是发现
既无法将你还给你
也无法将我还给我自己

海无法成为被
河汇入之前的海
风无法成为微风斜插之前的风
我们闭口不谈的部分
早已进入言无不尽的时候

气　味

不想说，我将永远爱你
想说，我将像今天这样
为有一天的分别
制定钢铁一样的、重工业一样的规则
不希望这些规则复杂又繁复
希望我们刚想要分别
又一起往回走
沿着鸟兽的足迹，从林子的深处
一直到最初之地
不想说，我们能记住
那条被树木覆盖的小路

记性都不太好
极有可能淡忘

不想提前说，我将留下一种气味
不期待，你将辨别得出这种气味

过时的想象

去哪儿找一个新的你
一个你的副本
我无法想象
如果把你全都涂黑了
去哪儿找一个白的你
纯白的、荧光灯一样的你
雪山用剩的你
珠子一面又一面的反光中
投射的你
我无法想象
把你从你当中挖出来
借以获得温热、光洁如新的你
会无人机一样飞起
而又退后的你
那余下的你还是你吗？
我无法想象

（选自《诗潮》2022年第5期）

白荷为师
/ 笨水

白荷为师

扎根在淤泥里
但不长出来淤泥
久困于淤泥
拒绝化成淤泥
汲取淤泥
但绝不吞咽淤泥
不喜欢淤泥
也不躲避淤泥
活在淤泥里
它只在自己身上
长了些刺
感到外面窒息压抑
就向内打开自己
不停地在淤泥里清洗自己
太快了,即便被淤泥团团围住
身上也不沾一滴
雨下得再大
落到它身上,都变成了
雨打在雨上

荒　野

　　我的影子是片荒野
　　它辽阔，没有边际
　　荒野上没有别人，除了我
　　没有羊，除了我
　　我自己，向自己问路
　　自己给自己指路
　　我要走向它的尽头
　　又是要去往它的中心
　　累了，我就停下来
　　用一把枯草
　　扎一只金黄的老虎
　　坐在落日下

我不敢自比大海

　　大海如此壮阔
　　也只是一个波浪接一个波浪
　　冲刷着海滩
　　有时，看起来极其温柔
　　就算漫过海岸
　　但终究，会全部退回
　　我不敢自比大海
　　但我见过自称胸怀比大海还宽广的人
　　从未在低处安身
　　一生都在往高处走，怀着大海
　　登上了高峰，还要去天上
　　对世界形成决堤之势

我们正在成为我们努力改变的事物

  我们从海里提水
  大海不会减少一个波浪
  我们把海水汲干
  大海又会在我们身后出现
  有人以为搬走了大山
  其实大山还在那里
  有人在河上建桥
  河流一闪，把桥丢弃在岸上
  我们活在纷乱的世上
  也活在简洁的大海上
  我们游泳，潜水
  努力修改波浪
  波浪只是为我们让出位置
  让我们成为波浪
  正如泥土
  任由我们挖掘
  最终让我们成为泥土

尘　世

  悬崖是高高耸立的灰尘
  沙滩是坍塌的灰尘
  镜子是看着我们的灰尘
  镜子碎了是割伤我们的灰尘
  铁是原子紧密排列的灰尘
  铁锈是松散的灰尘
  花朵落下是灰尘
  花开与未开，是灰尘
  我在灰尘里看见时间

时间也是灰尘

在这灰尘的上午和灰尘的下午

有人在清扫灰尘,有人珍惜灰尘

有人擦拭灰尘上的灰尘

直把每一粒灰尘都擦拭得光彩照人

我在铁笼旁写诗

梦中我写不出人的诗

我写猛虎的诗

写蚂蚁眼泪般的诗

因此,醒来后,我一句也没记住

我在梦里,看见的老虎

光芒万丈,拂过群山和原野

醒来后,看见老虎困在动物园里

正与铁笼搏斗

铁笼没有喉咙,而老虎的爪子已溃烂

牙齿开始松动

我在铁笼旁写诗,为它伤心

排　队

胎儿踢着孕妈的肚皮

在排队

婴儿睁大眼睛躺在婴儿车里

排队

小孩被大人指引

站在队伍中,又从队伍中

跑出去

一个空位在队伍中

排队

无人占领

我们坚信离开队伍的孩子
会回来，变成少年、青年
变成中年、老年
在商场排队，银行排队
在医院排队，在佛陀前排队
我们胸背紧贴
拒绝插队，害怕掉队
我们的队伍已经很曲折了，很长了
迟到的人
宁愿排在最后
也没人，在正午的旷野上
深夜的星空下
另起一列

雪化之后

落了雪，每座山都有雪山的雄姿
雪化了，露出来
一座座小山丘、小山冈、小山头
有的长了树，有的光秃秃
有的埋着人
只有真正的雪山
雪花跟岩石一样古老
埋着几片云朵

恒　河

河水干涸了
我仍坐在它的岸边
看它的流逝
静静地听它的水声
好奇腐烂露骨的鱼在河床上

翻来覆去
没有流水
河里鹅卵石仍在滚动

降 临

鸟儿在巢里
梳理羽毛
鱼儿沉到水底
在流水与梦境之间变化
修完草地的人
为剪草机换上新刀具
星球转动,不能自拔
东半球,一只夜莺在黑夜鸣叫
西半球必有另一只
在光亮中沉默
我见大海被太阳叫醒
又全都被月光抚平

我们总以为太阳在受苦

流水不动
是我们在流逝,看它也在流逝
时间不存在
是我们活得像穷寇,就把它想象成追兵
恒星悬于虚空
是我们困于永不停止的忙碌自转
它才从我们头顶升起,又从我们头顶落下

(选自《诗潮》2022 年第 5 期)

器 识
/ 胡弦

器　识

1
在博物馆里我看到一只水罐，
破裂，又重新被拼好，有几块不见了。
一只这样的水罐，类似遗址，
不是考古学，更像一种遥远的地理学：一处
我们遗失在时间中的住宅。
当初，它被水充满，那水，便再也不是自然之水，
透明、清亮，像一种新生的世界观，
又像人世间最温暖的事。
当它突然破裂，猝然传来的
是卷散裂纹，和解体般的灼热。

2
我在听一只陶罐。
这是另一种圆满："那残缺的部分，
可用来修补它的一生。"
——向着上游，由完善的
听觉推动，直到它回到最初的一群。
在谛听中，一切仍在继续，新的形态

出现在每个人面前时，恍如
爱是比折磨更糟的事情，
永恒是比短暂更糟的事情。
你了然于胸，又对这了然一筹莫展。

3
它最早是尖底的，方便在水中翻倒，
当它被充满，多数人看到它装得很少，
少数人看到自己需要的很少。
它的尖底，直立于大地柔软的年代。
后来，它变成了平底的、青铜的、瓷的，形状
和名字，都发生了改变，分别被叫作
瓶、罐、瓮、碗、杯、壶、炉、爵、尊、鼎……
有的太大，为国之重器，
有的很小，适合晚餐时的放松和欢愉。
大大小小的空，每一种
对应着不同的欲望和功能：泡茶，插花，
温酒，无物可盛时，空着。
——它也会饿，长久的空无使它
慢慢在平静中被恐惧充满，变成了
一个无法被界定的空间，并加设了密码。
"空间，同样会被饿死。"
仿佛有一张脸从那里
望着我们，带着祈求，但再也不是
一种表达方式。

4
空，早在我们的设计中。
我见过陶器的制作：在一个
电动的转盘上，工匠的手
从一块泥坯的中间开始。
手几乎不动，坯在旋转，中空

越来越大。如果是
大型的器物,工匠的整条臂膀都会伸进去。
由此我知道,它腹中的每一个
微小的去处,都曾接受过抚摸。
手总是贴在内壁上,贴在一个
不断扩大的内空的边缘,
那内空,旋转,吮吸着离心力。
在一颗空心中,仿佛
有个看不见的上帝在歌唱。后来,
当我内心空荡荡,总像处在离散中,
总想聚集,并得到更多。当我一次次
在生活中爬坡,总像
攀爬在器物光滑的内壁上,滑下来时,
像落回一个陷阱的底部。

5
我的书柜上摆放着一只陶罐,
是诗人徐舒所赠。
他回澳大利亚前,我们一起研究过它。
他指着上面的几个小凸起说,
这叫釉泪。而我看到的
是几个闪亮的小滴珠,给了质朴的陶罐
一张新的脸。
釉泪,陶在向瓷过渡。流泪,
发生在一种伟大的时刻,为火焰造就。
那是火焰在哭泣,那是欢喜或悲伤的泪,
那是火在给一只陶罐送行。
后来在一本书上,我看到一只陶盆中的
一张人脸,嵌在网格状的鱼纹中。
我仿佛看到自己的脸,徐舒的脸,很多人的脸,
它在鱼中,在水中,但没有
逐流而去——是时间把它还给了我们。

在南京时，徐舒常来聊诗。这个
漂洋过海的人，对汉语的迷恋
尤胜于我。他不停地抽着烟，脸
隐在烟雾中，有时突然咳嗽，呛出眼泪，让我
看到泪滴的另一种来处。
陶罐在书橱上，不动，但它产生的离心力
一直在扩散，像一种古老、不竭的力。
那些远行的人，有时会在茫然中回头，背后
什么也没有。
他们走着，听着自己的脚步声，不知道
在他们身后，一个无声旋转的空间
一直跟随着他们。

6
这是那能够被听取的器：
作为祭品的　钟、缶、振铎、磬……
它们是青瓷，最早
是青铜的替代品，但已不能被敲击。
材质之变，使我们的陈述
趋向冥想和沉默，如同
患上了嗜睡症的心理学。
但在博物馆里，它们重新成为礼物，
并从一片失踪的天空中
带回了云，和云纹。
不能被敲击，但其中声音深藏，并一直
要求被听取。这也是
由器识诞生的文艺：那空无中
只有音乐取之不竭。
每次有人来，灯亮起，光
探入那空无，希望能从中有所发现因为
光像一声轻声问候，而反光会尖叫，
仿佛一种发现，在这里，在这里……

如此，一个古老腔体，被跟踪，并成为
音乐一再被确认的地址？

7
我们是受过伤的人，
我们从破裂的古瓷片那里看见
永不愈合的伤口怎样存在，
我们从一只骨灰罐那里，看见死亡怎样存在。
我们像盛满了水的水罐那样站着，
我们像插着花的梅瓶那样站着，
古老的瓶、新鲜的花，共处于
含着恩情的同一个时刻。
像在一个封闭的系统中，从完美的
青花那里我们认识到，
我们自身也是完美的。
我们像振铎，舌头在碰壁，在驾驭着音乐中
最微妙的寂静。
我们像桶底脱落，释放那空。
我们像熏炉，香气
像受惊的鸟群，从我们体内大面积升起。

8
我认识一个隐居的做瓷人，名王志伟，
那是在云和，他两手沾满泥浆，使我想起
一块清瘦如云、名叫云骨的石头。
他在一本书中说：匠心即道心。他认为，
三月的江水是最好的釉色，
而九月的青山痛如一件新瓷。
他常坐在一堆不成功的试验品中间，像个
一直在研究失败的人。
我还认识一位老年的窑工，不知其姓名，
在电炉流行的年代，他坚持烧土窑（名龙窑），

他说，柴焰在这种遗物般的窑里
只能拾级而上，并死在通往博物馆的路上。
那是在鸣鹤镇，古窑址
像个陈旧的祭坛，一潭秋水
清澈得像什么都不曾做过，而阵阵鹤唳
摆脱了地心引力，正消失在许多事
刚刚离去的长空中。

9
陶瓷，易碎品，容易
成为悲伤的个体。
这使我想起"金缮"一词：一种修补术，
又像一种
从事后的心中出发的忏悔。
——我们失过手，搞砸过，然后，
才是这种金色的漆，看上去
静静的，刚开始时，甚至
带着点儿对自己的怀疑，却突然
被一种夸张的热忱认领，剥开自身如剥开
一条火的小溪；然后，
在一条看不见的伤口中我们
提前把自己处理完毕；然后，
像一种来历不明的哲学
在追问完美：我们意识到了结束，
同时意识到了无法结束。

（选自《诗刊》2022年第6期）

新锄使用说明

/ 蒋立波

不穿裤子的云

年过半百,终于下决心要把这些书搬到山上去
这些砖块一样压迫我的重物,有时只适合
做踏脚石,为缥缈的眺望垫底,或者
铺筑于墓道,让沉重的步履押上一个韵脚
在城里那间几近荒凉的旧书房,老鼠、蟑螂
和壁虎,大摇大摆穿行于高大的书架
我的耐心在日复一日中耗尽,就像衰老
终于找到我,我决心带它们离开这囚禁之地
不知从哪天起,我意识到,知识首先需要
回到无知,语言的裁缝铺出逃的一朵
不穿裤子的云,在天气预报的延宕里分娩
一颗仁慈的雨滴,以向白日梦收税
我从书架上取下它们,装进纸板箱打包
我用一圈圈胶带纸将它们五花大绑
然后一箱箱往卡车上搬,汗水的算盘珠
像是对海拔的一次预算,这涉及灵魂的险种
突然到来的转弯,陡峭,轰鸣的引擎
煮沸鹰眼收购的风景,辞海如公海
蒸发多余的义项,而一种更本质的知识

等待着被唤醒，在根茎的抓取，和蚯蚓的翻耕中

新锄使用说明

对于这把新锄来说，西景山的泥土是陌生的
炭火刚刚在它身上冷却，新鲜的刃口
第一次掘入砖红色土壤，在清晨的阳光下
我几乎产生一种幻觉，一把铁锄
即将拎起脚下这颗孤独的星球
像父亲无数次用锄嘴，挖出饱满的土豆
感谢开五金店的朋友，听说我要去山上种菜
她特意送我一把刚刚打制的铁锄
虽然对于早醒的群山，我已迟到，一如
铁锈永远快于铁匠铺里通红的铁
退烧的速度。一个阶级在铁砧上翻身
蚯蚓一次次为土地松绑，这黑暗深处的闪电
翻耕板结的家谱，荆棘册封的骨殖
而当我弯腰，一个必要的仪式
翻涌的铁水正为黎明铸模，这脱胎于
卷刃历史的一次造型，只为挖出
一颗深埋于宇宙的土豆，因此我还需要
倾身于记忆，让新锄掘进自己的阴影
丝瓜的触须攀向一个虚空。地底下的亲人
守口如瓶，而一把沉默的锄头一口咬定
那不可能是鹤的嘴，也不会是猫头鹰的嘴
而只能是泥土出借的肉身，像一次凭空捏造
锄柄导出的电流，替死亡节约用词

词源学

三口井竟然还在，一口正方形，两口三角形，
我最初所接受的几何学：从这里出发，我和世界

构成了无数个直角、锐角、钝角。而如今
面对被遗弃的荒凉,所有的公式都已宣告失效。
中年的杜甫?我不可能想象他的形象,或许只有
他内心蔓延的荒草能够替我丈量遗址的面积。
吹过我耳廓的秋风,一定也计算过他两鬓的白发,
那浸入草木的霜,遍地的瓦砾上,中年的积雪。
故乡是最大的虚妄,因为叫得出我乳名的人
都已经不在,我想拥抱的仇人也已在泥土深处
长眠。他们不可能再醒来,沉重的墓石背后,
缄默的嘴唇不会有任何一个词需要向我吐露。
但当我站在八十岁的阿叔和阿婶中间跟他们合影,
我几乎听到了头顶三只竹篮里储藏的土豆种子
那幼芽拱动的声音,我甚至想象他们拄着的拐杖
也在抽出嫩枝。这么多年我远走他乡,而我不可能
背走这三口井。记忆总是热衷于不断修改自己,
只有三口井忠实于自己的位置,它们分别被用于
饮用、洗菜、洗衣,很多年里都相安无事。
井水不犯井水,蛇和井绳彼此仿写来自命运的
紧张与敌意。乌鸦和喜鹊,在同一根树枝上
发表相反的意见。仿佛母亲的水桶还在依次碰响
井沿、蛙鸣、青苔、姓氏、晃动的冰块与星辰。
我已经习惯不断地删除,习惯与世界的平行关系,
但我保留了凛冽与暗涌的天性,一个隐秘的
锐角,或者说我与我之间固执的对质和争吵。
泉孔在看不见的地方教育着我,如同旧雪
在"记忆的阴面"[1]冰镇我的童年,一种不被讲授的
词源学,需要从枯枝那里借到一根仁慈的教鞭。

---

[1] "记忆的阴面"借用自耿占春。

寻南山湖不遇

　　什么都看不到，不等于什么都没有看到。
　　如同浓雾隐藏了一个湖但不等于
　　每一道波纹都已经被没收。长尾山雀拖曳的
　　一枚尾音像雾的最新版索引，带我们
　　走进一场更大的迷雾。在地方志与鸟喙的
　　口口相传中访友桥几乎已成为一个等号
　　但朱熹不等于吕规叔，隔尘也未必等于归云。
　　有人携琴进山而琴声始终没有奏响，
　　这同样不等于贪婪的雾真的吃掉了琴声。
　　雾仅仅是谜面，只是对于谜底我们已经没有
　　足够的耐心，就像琴匣里一团团暗涌的
　　气流找不到出口而只有最细的一根弦
　　为耳蜗里滚动的豆粒扫盲。越来越胖的雾
　　已无脂可抽，枯松省略了盲读带来的
　　遮蔽，一个小小的认识论的误区。
　　一棵松树以枯干自己来浓缩宇宙的意志，
　　一座信号塔以迷失自己来确定你的位置，
　　因此我得以确信，雾也是一种教育，
　　它对应于每一种年龄与各自认领的晦暗。
　　它让我们在陌生的风景中认出自己，
　　并且喊出自己的异名，一个不算遥远的回声。
　　微苦、有毒的现实测量主义的能见度，
　　犹如湖边野生的杜甫菜，打听草本的杜甫。

璞　玉

　　石头那里借来的一个名字，让一个村庄
　　在一块有待打磨的玉里守身。你当然可以想象
　　夏日荷花的盛大，但当我们到达，惟余两池枯荷

在自然法则的缩写里练习瘦身。狂草的线条
自有隐秘的秩序。淤泥吞咽拆散的笔画。
偏旁和部首，逃回荷叶般卷边的字典。
这沉默的款待，擦亮一行白鹅的啼鸣。犹如
相机为枯萎对焦，莲蓬的自拍杆推远
群山的景深。在祠堂前的一棵老樟树下，
我们试图辨认它的树龄。而当我们把自己的脸
凑上去，在一块铜牌上我们最先认出的
竟然是各自的脸：李郁葱，张壬和我。莫非
我们各自的年龄也早被樟树所编码？包括
种，属，门，目，以及中年弥漫的雾。
一百年，略长于我们冗长的一生，却短于蜗牛
在叶片背面绘出的涎迹。老皮在无声地脱落，
像一次更衣，似乎每个季节总有新的痛苦
等待我们领取，一如从集体的合影里取回自己
在樟香的暗房里冲印出来的，洁净的脸。

象鼻湖留诗，和李郁葱

庆幸我们的鼻子这一回吸入的
不再是霾，而是山岚和四周群山流下的泉水。
庆幸在某一刻我们也长出了长长的鼻子，
似乎我们真的借到了那从容的步态和喷泉的技艺。
穿过新农村的公共修辞，穿过
被叙事的难度削平的抒情的坡度，
一行空白把我们迎候。
这遗产一般无法享用的安静，
像水杉金黄的细针穿过一孔昏眩的针眼。
这安静适合弹奏，但最大的悖论在于
安静只能用另一种安静来弹奏，
甚至只能用喑哑，用无声来弹奏。
这安静构成陌生的知识，但拒绝任何认识论的分子，

如同这些颀长的树干拒绝被制成俄耳甫斯的竖琴。
庆幸我们在一个低音区里逗留了十五分钟,
密集的根须几乎就是一场酣饮。
在水际线的上移中,我们欢欣于
一台秘密水泵忘情的汲取。
当秋风吹掠耳廓,我有足够的惶然,
正如那满目的绚烂有太多的霜迹。
而排气管已一遍遍催促,如一段畸变的器官
在一头巨象低低的吼叫里。

鹿门书院

苔藓寂静。窗棂上南宋的灰尘寂静。
瓦松像一只尚未进化的耳朵
灵敏于一缕吹过屋顶的风。
我为自己的粗鲁致歉:在书院里我们曾高声朗诵,
惊落了松鼠小心怀抱的一枚松果。
鱼鳞状的数列形式,在某一刻被重新排列。
门轴上蛀虫蜂的嗡鸣寂静,那被锯下的粉末
堆积着流逝中过滤下来的虚无。
那寂静是塔形的,
始终被一座精致的塔所捕获,像野鹿慌乱的蹄音
被一场九十年代初南山的大雪所录制。
站在朱熹的左侧,我为自己平庸的朗诵羞愧:
我应该把嗓音压得更低,直到
词语自身开始发出爆破音。
松针寂静。那么多金色的针
缝缀出的八百年时光寂静。
山谷的音箱里,长尾山雀时短时长的啼叫寂静,
我曾向它借过一截破折号,
这么多年一直没有归还——
溃败的时代里,一个被本体所遗忘的喻体。

我为自己对这种遗忘的沉溺汗颜:
在我和你之间,在"隔尘"和"归云"之间
在松针的尖锐和辣蓼草的辛辣之间,
始终相差那么一个吕规叔。

为贵门十八只碗窑而作

村庄后面的山坡上,十八只碗窑寂然无声。
这并非传说,而是真实的火焰
无意中被那些卑微的泥土所收藏。
在语流和舌尖的摩擦里,
那一叠粘在一起的瓷碗再次无声碎裂。
窑匠早已消失,但并非杳不可寻。
在这片语言的遗址上,
手指在互相指认,散失多年的碎片在互相寻找,
血液仍在厚厚的红土深处流淌。
他们有一个共同的名字:无名。
每一只拙朴的碗后面我都可以看到一个
劳作的背影:从巨大的虚里抓出一具形体。
这似乎呼应了一道诗学的命题,
那就是给词语带去一个肉身。
我知道,在"瓷"和"词"之间,
一个属于我的词还有待取回,
我泥土捏出的嘴唇,还有待烧制成型。

(选自微信公众号"嵊州市作协",2022年8月3日)

告别与回归
/ 雷格

百望山

迎春还是连翘,一个
比博物学更为伦理学的问题,
关乎我们对春意的诚意,
由热爱植物的人作答,也关乎植物人
对春意的渴慕,就像它的提出
是在登山大道还是圣母院
印有树影的白墙下面,哪一个更有
仪式感,都关乎爱的方法和
它的变更。
很简单啊,
上面的是连翘,下面的是迎春。
这答案相当可疑,规避了
枝条形态、花瓣数量,以及更为关键的
叶序将在来日显露的差异,
只有明黄初始的泛滥
是不言自明的。
然而春意所需要的
无非是诚意:离开圣母院
下山的路上,有没有连翘在上面

我都能辨认出下面的迎春，
而且暗自承认，我可能偏爱迎春多一点，
因为我见过太多的连翘，而且
都误认为迎春。
就像我们偏爱那些
柔弱之物，自己的选择却可能相反，
春意也在帮我们完成
对爱的辨认：枯褐的灌丛，
墨绿的拱廊，骨头和水，
爱的挺直和爱的泼洒，这都是
我们所需要的；
特别是
如果有一只熬过冬天的蓝鹊
从迎春跳上连翘，如果有一只
在春天羽化的白粉蝶
从明黄飞进明黄，又飞回明黄。

百望山（其二）

一座山，连缀着两个秋天：
两座秋天的山，连缀着一条
时间的秘密通道。我们行走其中，
忽而是几个香客，忽而是一小队
溃匪，偶尔触及时间的边界；
这一个和那一个都
忍着疼痛，最健康的那个
还在若无其事地闲扯，拖过了周一，
又拖过了周二，一周已堪堪过半。

别这样，从秋天到秋天，
我们经受了多少次豪雨、多少次疼痛，
告别了多少爱开玩笑的乐天派，

还有你所爱的,也漂洋过海走了。

那么我们来走一条没走过的路,
一条涓流在旁边无声流下,
流过七个蓄水池,汇入最大的那个;
天澄湖,它总是那样瘦,
那样浑浊,像一片枯叶贴在谷底,
让它的美名蒙尘。

你当然会觉得似曾相识,
因为就是在这里,你从破墙上
一跃而过,破天荒地
落在铺满落叶的小径上。

再往上,就是百望憩室了:
你说得对,让一个名字不致蒙尘
的确需要一首不朽的长诗,
就像上一个秋天,我们在
圣母院的高墙下眺望
西北的群山,找那湮灭的道观,
戴白礼帽的法国人那时候
还叫莱热,圣－莱热·莱热。

秋天的山,你要纪念碑,还是不朽的诗?

而我走在秋天的山道上,怀念着
我们在春天抚摸过的
毛茸茸的叶片,想知道
它们何时变成疼痛的红;
那就下周吧,下周我们
再上一次百望山。

一次又一次……

一次又一次,我们的声音落了单。
背景总是山,总是向上和向下,
总是走着反平行的险途;只有一次

是平原;只有一次
是沿着溪水寻找它山腰里的源头:
我们要一次次跃过它,加剧

它的弯曲。但总是黄昏,
总是黄昏的凉意举起火把
驱散情欲,让我感激于

不必通过交换眼神确认
孤独与孤独间的
交换作用,或者什么都不交换——

我们在黄昏的险途落了单,
像一只音叉伸出的平行叉臂:
怎么可以对失效的耳朵要求太多?

或者说,是他们没有跟上,错过
溪水弯曲,飞檐和飞鸟向天空弯曲,
铁轨在奥林匹亚向左弯曲,

向下的路在每座山陡急地弯曲。
每一次我们都以为这图景
只有自己看得见,只有背影留给他们,

被黄昏抹成一团。此后只适合说些

黑暗的事，或者什么都不说——
"你们走太快了，"他们赶上来，

若无其事地交换眼神。

雅努斯所看见的

一

凌晨三点或四点，我习惯性起身
揿亮书房台灯，会发现
餐厅的灯已经先于我亮着，好像
暗夜的一只白琴键无声亮起；
甚至更早，时间总会精确地对应于
他校看的书稿的某个页码。
现在，从对面楼某个窗口望过来
是两只白琴键；或者，从更远处望过来
是两只小小的白琴键，相邻
但不交一言。假如我
为了精确地使用某个词
去查百度汉语，然后在某个辨析词义的长帖中
迷失良久，结果还是要起身
从书架上抽下《汉语大词典》，
我会听见鼾声从某处传来，时断时续，
而餐厅的灯已经关掉，先于
我的困意：两只琴键现在是一明一暗
而不交一言。我有可能被另一个词困扰
而醒着；他也可能突然起身
而开始劳作：两只小小的白琴键
就足以合奏出拒绝破译的
摩斯电码，好像宿命，
又好像我们血液中那些秘密力量，
不交一言，在暗夜

兴之所至地明灭。

二

她做的馅饼才是全天下
最好吃的。但我们的赞美
不能轻易发出，否则她每次进城
都会把揉好的面团、煨好的肉馅
和一把择好的新鲜韭菜
从小车里掏出，一样样
甩在餐桌上。上次他来省亲
觉得心满意足：连吃了我妈三顿馅饼！
我说：这有什么，
我们已经吃了半年了！所以我猜
她现在应该是在包饺子，
让面团和肉馅诉诸清晨的
另一个文体：刀和案板的撞击声
透过墙壁传来，沉闷得
有点不真实，仿佛急就章的英雄双行
必须在半小时内完成：其价值
在且仅在于对紧张的炫示中。
我就缺乏这样的气魄，受不了
任何噪音和粗糙的美学
而醉心于雕琢，醉心于所有
苦涩的滋味，愁死个人：
这孩子，从小就是个慢性子！
不好说是不是她天才的迅捷
娩出了我的滞重，但我们其实都
醉心于秩序，而且带有一种
显而易见的强硬。

告别与回归

告别，曾经像一声诅咒
隔在我们中间，
当然疼痛是单方面的，
与你无关。过三十年再看，
我们的确很青年。
到处是戴铠甲的非利士人，
所以五月，这一年中最好的时节，
我们可能看不见。
岁月对我们并不总是慷慨的，
就像我们的回归
及其必然性，就存在于
我们无心的调笑中
而超越了我们的洞见：
青年，周末一起聚聚，
就在小南门外那家小馆，
可别又迟到了，你个青年。
但岁月修改我们
又的确带了点温情，
就像让水进入水，让叶片
在这样好的五月壮大，
又不断触及另外的叶片。
既然叶片的和鸣
已经告别了经验之歌
而回归天真之歌，
那么，青年还是不青年，
你说了算。

为父亲节而作

> 太高傲了以至不屑去死
> ——狄兰·托马斯

世代如落叶,但在飘零之前
请用声音为风塑形:
它的狂暴无非是喑哑,只知

摇晃和摧折,不懂得绿的灌注,
就像不懂得爱如何
循着来路,像泪水一样

涓涓灌注。不,没有人敲门,
没有人进来,你也不会去拜望他们,
用粗俗的比方让他们开心:

故土上故人在故去,三年以来
他们一直在飘零。但喑哑又当如何,
只要有一只凌厉的眼睁开,

收容这简化的世界:日升,日落,
压低嗓音的交谈,带回声的吵闹,
词语的凌虐者,

在小木槿叶片背后产卵的
白粉虱,日升,日落。但喑哑
又当如何,我还可以替你说:

这也是我的世界,我的故土。

元　宵

第一次觉得，我对它的误解是
这样深。它其实并不像诗：
用雪白包裹甘甜的秘密，
然后被热情滋养，圆润而美味。
它的形状并不必然隐喻团圆，
它的颜色也并不必然指向
纯洁。那雪白所包裹的
也可以是其他的什么，比如说
恶意，再比如说，谎言。
包裹得严密而结实。它是
如此之圆，在沸腾中
会老练地翻滚，躲过水的拷问。
热得难受，再换个方向翻滚。
好在，水煮过诗，就有了诗的耐心。
好在，谎言并不是诗，
再煮煮，就露馅了。

拉伸课

我判断，他是孔雀型人格，
乐于沟通和表达。
当他的教练用手肘揉压他的
股四头，他一声哀嚎，挺起身来，
指甲抠进了教练的肩膀。
我在一旁轻声提醒他深呼吸，
尽管我的教练正在揉压
我的腓肠肌，疼得我倒吸凉气。
他苦笑一声："其实我都懂，
就是忍不住。不怕老哥笑话，

因为我每次都鬼哭狼嚎，
影响了其他人的日常举铁，
他们把拉伸区从大厅
改到了室内……哎哟哟，疼，疼，
疼疼疼疼疼，你可轻点……
那老哥你呢，你是痛感低，
还就是简单的坚强？"
我也苦笑，心说不是
丢不起那人嘛。于是每次遇见
他都跟我分享他的疼痛
——当然也不止疼痛，
不哎哟的片刻就说说
他和伙伴们爬野山看风景的事，
或者恭维我的忍耐力，害得我
吃痛的时候更不敢哼哼，
吸进了更多的凉气；要命的是，
再去拉伸室，我开始盼着
见到他，听他兴冲冲地说：
"向你看齐了老哥，
上回下山就来做拉伸，
我都没怎么鬼叫。"我感觉
我远不如他，我的沉默和忍耐
在这里无足轻重，而像他那样
肆无忌惮地吼出自己的痛苦
却真的有可能改变世界，
最不济，改变了一家健身房的格局。

（选自微信公众号"为孤独正名"，2022年4月30日）

山中的日子

/ 李昌海

隐 喻

> 几只白色的江鸥
> 正穿越江面白茫茫的雾
> 无论怎样用力
> 它们，都无法穿越
> 自己的白
> 也无法抵达自己
> 深刻的隐喻

一辈子辜负自己的名字

> 众人过节休息，只有她
> 出现在高温三十八度的旷野，像突然冒出来的一个孤鬼
> 手握镰刀，清理塘边的杂草
> 为即将栽下的油菜，清场
> 几阵热风想吹翻
> 她的旧草帽，但还是被她扶住了
> 蚱蜢在她周边蹦来蹦去
> 有一点安慰的是，飞来了一只红蜻蜓
> 她嫁过两个男人，两个男人都死了

两个女儿，老大前年患白血病走了
不到七十岁
她一辈子，都在辜负
自己的名字
她的名字叫"运喜"

山中的日子

先有山，先有藏在山坳里的
这栋白平房
再有穿山而行和打门前而过的
高铁
每天忙完农事，他都会
坐在门前望一会
来往的高铁，这比
飞鸟快也比流星快的钢铁
每过一趟高铁
他手中的茶水就会弯曲
他不知道山中往后的日子
还有什么进入
还有什么逃离

在周庄

周庄，无一家店铺以"周"姓冠名
冠名居多的倒是"沈"姓或"万三"
比如"沈家酒店""沈家客栈"
满镇飘香的是一家挨着一家的
"万三蹄髈"或"沈万三蹄髈"
蹄髈，确实油亮肥厚
沈万三富可敌国
一生做过无数笔买卖

但从未涉足养猪贩猪
杀猪烹猪
而如今却坐上了烹猪的
第一把交椅
走进周庄古镇的游客
没有几人不希望像沈万三那样
碰上财运的
于是，个个撸起袖子
抓起沈万三蹄髈，大快朵颐
吃得满嘴流油
周庄人很清楚，沈万三蹄髈
只会越炖越烂
也越炖越坚固

浮　岛

几只蜻蜓，头尾皆黑，腰身翠绿
悬停，遮蔽了它们扇动的翅膀
它们能够平衡风暴
还有什么不能平衡的？
感觉，脚下的平地
就是一座浮岛
右侧。水域辽阔

栀子花开

从路边采回两朵栀子花
花梗带着几片绿叶，给它们
很高的位置——

挂在办公室电脑屏顶端
自己喜爱的壁纸满天白云

偶一看，那两朵栀子花
就像是从白云中飘出的两朵新鲜的白云

而你，束缚
自己的花香
隐在背面

柳　兰

每当八月，柳兰
红得发紫的时候
阿拉套山就差不多
要决堤了
"柳兰，柳兰，快出嫁吧"
蜜蜂催促，蝴蝶也催促
柳兰扭了扭纤纤的腰肢
"要嫁，就嫁给开花的雪豹"

白

一群麻鸭，觅食在水田

其中唯一的白鸭
仿佛软体动物中
一颗尖锐的钉子

它看不见自己的白

天空下起雨来
一滴滴雨珠落在白鸭背上
溅起白色火星

不远处的河滩上
一头水牛也是白的，懒洋洋
啃食青草

看上去，好像
河滩凹陷了
一块

无 题

从东到西，从西到东
来回经过同一座城市
旅途中携带的一本诗集
作者就生活在这里

从未谋面的诗人
也不完全陌生，他的肖像
赫然印在封面上
骨相峥嵘
看上去，与这座温柔的城市
格格不入

动车上，四位相向而坐的年轻人
有滋有味地啃着鸭脖子
与车厢内的饱和格格不入

在诗人开垦的一垄垄诗行上
我走过来，走过去

垂 钓

一口堰塘

藏在农庄里

农庄隐在县城边

伸出鱼竿

他们便关闭了表达

像钓钩，他们

沉入堰塘的底部

塘边最沉不住气的是杨树

风还没吹过来

叶子就哗哗响起

布谷鸟的叫声从这片林子

播种到那片林子

一两声野雉的欢叫

暴露茅草丛

此起彼伏的鞭炮声

流动，从一个点

流向道路四方

庄园主告诉他们

不远处有一处火葬场

堰塘就像一个吸收器

吸收各种音响

音响多了

鱼就少了

他们守在塘边

分拣无声

和有声

打连枷

一场仪式，始于庭院

姑姑手中的连枷，扬起落下

落下扬起。五月的节奏

动大于静。一年四季
姑姑都站在农事中央

豌豆，从豆荚里蹦出
稼禾的圆润

一碗油盐豌豆
与姑父的酒杯平起平坐

不一会儿，天光转暗
原来，天上也有人挥动连枷
豌豆样的雨珠落下来

（选自《诗潮》2022年第1期等）

橘 灯
/ 雷晓宇

大 梦

夜已经很深了,只有火焰还在北风中燃烧
只有烤土豆的香味还在暗中养育孩子和青草
从直入天穹的高山往下看,当清晨的第一缕光
照耀着见风就长的万物,你才知道大地上
这些摇曳的星辰竟有这般奥义与深情

北风中,土塬下的煨火过夜人睡得
竟是如此深沉,那刀刻般孤绝的脸仿佛在说
即使你把巨石从深渊般的山顶推下来
也不能让他有半分惊扰。因为在他身后
有古木参天的群山连绵起伏,可以让脚下
的这燃篝火一直燃到地老天荒。只要带上
斧头、凿子,在滚落的巨石上开出一道门
几扇窗子,再豢养一群牛羊
用炭火写下最初的图案和文字
一部巨著就会像闪电一样掀开暴雨如注的篇章

读书记

在旧书市场买回一堆书
有诗歌、小说、书画。还有一册民国的善本
旧书有更多起承转合,意味着更宽泛的联盟
这让我感到宽慰。有些偏执的藏书癖
早已在略显促狭的书房里堆积如山
作为七宗罪之一,对书的贪念
我承认自己无法克制,只能为之奴役

它们自买回来后,就丢在一旁
尚未成为我智识甚至经验的一部分
没有读过的书,就不能称作"我的"
顶多算是藏品。只有在精心研读并将之
融会贯通之后,他们才会成为智识的我
只有在某个时间被感知的午后,或者
细雨从窗口飘进来而你浑然不觉的时刻
正在读的书,才会成为经验的我
至于书的内容就没那么重要了,只要你
还依稀记得大概内容以及它散发的一种气息
就足够了。你就会在生命中的无数个节点
回忆起那本模糊的书并将自己的经历与之混淆
但一本久远的书肯定有亡者的气息
譬如那册民国善本。它的作者是一位无名道人
在读过后他将成为我的一部分
一个不断被消耗又不断增长的我——就像
我见过的山水,才饮下的这杯茶,在无穷的递减中
构成了新的我。反过来,我也将成为民国善本的一部分
也为它的亡者气息带去一些历久弥新的东西

幼发拉底河探源

多年以后，在这个清晨的细雨中
我看到一个少年正在地里掘水
像探寻秘藏的考古学家
小心翼翼地避开水线，用树棍或瓦片
不断扩大泉眼，让幽暗的水
畅通无阻地从地下，流出来——

在乡下，无数泉水环绕着群山
一阵春雷，就足以将它们从地底唤醒
失踪了整个冬天的溪流，一夜之间就会
故地重游。那时我尚年少，足迹不过
遍及沉水方圆十里，没见过书中所说的
长江与黄河。也完全不知道苍茫
是为何物。但仍以一颗浩瀚的童心
悉心养育了门前的那条小溪

一个少年的快乐如此简单，我只是单纯地
想从细小的泉眼中牵出一条大河
以至于那些天，一到夜里
我就会向上苍祈雨，次日醒来
跑过去看它。一种巨大的欢愉与满足
像春山鸟鸣，把整个岗位照得透亮

很多年后，我不知道，那股弱水
如今已涌向何处。却深信它不会
凭空消失，肯定还会在大地深处潜行
但愿它会流向干燥的中亚地带。这样
就会拥有一个好听的名字：幼发拉底河
这条河我也没见过。只是在世界地图上

看到那毛细血管般,细弱的一脉
长年的战火,也从未使它中断

暗　火

在霜雪来临之前,父亲会带着我
把果园里的枯枝败叶
聚成一堆,再用土压实,点上火
就会有一缕缕青烟从灰堆
源源不断地冒出来。秋风把它们吹散
整个山谷都能闻到那稀薄但持久的香味
当溪水带着它们流遍大地,人世间
也将遍布那落日之光一样的焚香
这种暗火,几天几天都不会熄灭
而剩下的灰烬,又将在第二年秋天
产生更多的枝叶,尽管有一些转变成
供养人世的果实。还是有落叶从空中
源源不断地掉下来,像不灭的轮回
如果你不停地往火堆加柴。它甚至可以
一直燃到地老天荒。即使末日来临
经历过漫长的寒食纪、白垩纪……
这团火,就将成为文类文明进程中
比盗采自天庭更为恒定的
第一粒火种

橘　灯

秋收过后,总有一些果子
被遗忘在枝头。等着孩子们
去采摘。橘树在秋天依然的枝叶繁茂
如果橘子尚青,就不太容易发现
一片橘园,总会有几颗青涩的

果子藏身在这片浩瀚的叶子下
要在寒霜的催促之下才会成熟
变得光明而又温暖，像一团火焰静静燃烧
等待着一双采摘的手，给予彼此
最为甜蜜的慰藉。留到最后的才是
最甘甜的，当然要献给长者。那个时候的
橘皮也不会太过苦涩，甚至还有一丝回甘
我曾按课本上所说用它做过一个
小小的橘灯，把它放在神龛前
看着它那柔弱而又谦卑的光
照在爷爷奶奶因长年烟熏火燎
而略带愁容的脸上，成为祭祀之光

几枚松果

那是一种只有在山野才能保全性命的果子
如今的大地上殊少浮屠所有我们不叫它松塔
南方的松树不结果子，成片松林只能聚成
一座空山。在山里，蓬松的落叶为松果
保存了完整的形体。踩在蓬松的叶子上
顿时感到身体轻盈。一种不曾被破坏的
完整的宁静，随着几缕光在双足间搅动
几日晴朗，在春风的反复吹拂之下
薄雾悉数散去，松果已经干透。你能想象
松果落在地上的几个瞬间：它们如松鼠般
跳跃，降落，翻滚。然后安静地端坐在那里
等着你任意挑选。没被捡走的，仍将在
融雪般的光阴里，安静端坐
你惊异于地上有那么多松果等你捡拾
那古朴的装束和后现代形制几乎可以混淆时间
同时，你也为自己的贪婪感到羞愧
带走的几枚松果被随意摆放在书柜上

和一众排列整齐的古籍前
怎么看都像牧溪笔下的《六柿图》

（选自《作品》2022 年第 7 期）

飞行术

/ 星芽

飞行术

小城的雨落个不停　没雨的时候
小c会同我玩一种叫套青蛙的游戏
手指并拢　大拇指弹出竹圈
小c在一张摊开的地图上记录青蛙容易出
没的地理名称
所以我们在找青蛙的过程中往往会于腿侧绑好
新鲜的云块
以加速度抵达外省
那么多古诗里修行的青蛙都病倒在故乡的木鞋边
小c与我的飞行术日益增长却有点粗糙
偶尔还会磨伤空气里竖直的喉咙　这反倒成了幸运
我不必和长相稀奇的青蛙长老永远做朋友　它们实际上
和我们并拢的手指相互产生对抗与鞭策
没有哪一方更容易占据上风
竹签套在小c的脖子处导致我几次把腾云驾雾的她当成了哪吒
她的本事还在于能够控制青蛙的步调
喝令这些绿绿的生物列队走到地图的中间点
我俩中空的身子才得以着陆片刻

望远镜

关于木槌的定义
家人所知甚少　它长长地伸出孕妇的肚子来到
洁净明亮的窗沿
七岁的姐姐坐在板凳里描写有棱有角的文字　铅笔瞄准田字格
她以为木槌是明亮窗边的望远镜
窥视年龄生长的秘密
一些简朴的伦理反而在炫目的风景中黯淡了下去
她用木槌敲碎玻璃
框架留在原来的位置
却以新的方式成为琐碎生活的结构
比如　铅笔相对于木槌
只存在粗细之分　铅笔除了用来写字同样可以摆在窗边
窥视更有文化
也更具戏剧色彩的风景
把脚趾留在静止的尘埃中
姐姐变得硕大的时候身体里的血块浑浊得成为
女性的旗帜
木槌被她高高抡起
又一次次击入生命的渊口

格尔尼卡

我仅仅从毕加索那里得知面庞
是一种形状　之前他们充满粉饰
在野蛮抑或文明的肉身上
我谨慎地读取人类内心的数据
像是彩墨复写纸将真实的情绪晕染在生命空洞的部位
他们实际上将近衰竭
毕加索取消了人眼的和谐

使我常觉得自己戴歪了眼镜
他们的形象撞击在白纸上发出致命的
一声吼叫
我才了解到战争已经开始了
他们都支离破碎　却没有一点血腥
我担心靠近这些不像人和动物的方块
他们巨大的悲痛就会转移到我的肢体里

失形者

我的身份证丢在了格聂山区　起先
我以为我还在那里
一块只有冰碛石　牦牛　杜鹃花林　足够收容我全部形体的地方
让打码的小卡片成为替身
造成的后果是
我躺在学校课桌上感觉神经被拉扯了一下
思维静默在环状的地铁口排队
自动报上编码"3410××××××××××××"
我从两只矿泉水瓶的中间明显起了醉意
我听到有人把我拉住
"现在你仅有二十天用来等待的机会
我们会用指纹识别术将你飘飘摇的灵魂召回"
报出你的身份编码
我突然卡在某个数字尽头的无穷里　咀嚼它无味的起源
它的空白像不疲的山泉　像高人解梦　像闭眼跳落的螳螂
用空白天堂将我关押
我遗失的证件会不会被格聂山区的动物们打上马赛克呢
帮助我从此隐姓埋名　跳脱出四四方方的怪框么
帮我删掉某个无穷尽头的数字　拖曳长长的呜呜声

（选自《花城》2022年第3期）

秋鸿篇
/ 叶丽隽

白　露

我嗅到微凉里
一丝古老的敌意……要加衣啊
朋友！"白露勿露身"
人生的窄路上，我们抱紧自己

如此贴近，又如此陌生。谁会懂得
你曾那般热切地
呼唤过住在身体里的每一个人

唯有回音可使我们完整？
这一日，早间露水莹润，夜里落雨
群鸟争相与还。一生匆匆
显然不够用

我落寞而胆怯的生平
倾慕着这浩荡世间的每一个生灵
秋风起，中年忽至，人也养羞

晚樱之夜

……我又回到了这个夜晚
悄悄地,伫立窗前。因为贫乏,与不舍
灵魂总是这样,固执地回返

窗外,成片的晚樱林历经了
繁花绽放的骤然之美,枝叶已纷披
这会儿,它们还未被砍伐
还在楼宇间静静地站立和呼吸

天越发黑了,事物隐遁
我从失败的手稿中退出,看树影婆娑
看周遭,或明或暗的窗口
彼此,命运的小盲盒

这样的夜晚,记忆在等待着什么?
那楼下的阴沉者,已经暗自备下柴刀
约好了野蛮的砍树人

无尽夏

绣球花开——幽蓝、粉紫,一簇簇
团聚着圆满。有一个永恒的夏天吗?

苎麻衫、赭色夏布,暗室窗边
垂落的静止……我来过这里、这个瞬间
在这重合的世上

在我循环往复的心头
——那静静蛰伏的侘寂里……你是谁?

来自哪个洞穴?

幸存者噤声,愕然于眼前的安慰之乡

清晨,豆花和我

连续几天雨后,各色菌菇会在一夜之间拱出泥土
硕大伞盖上,还沾着细碎的草叶

小柴犬"豆花"只是探出鼻子,嗅一嗅就绕开了
比起菇类,它更喜欢跳虫和雀鸟、粉蝶或酢浆草花

一大早,它遛着我,在这片林子里尽情地撒野
穿梭于各种树木间,并时不时留下印记

哼哧哼哧的,每一天,它都在拓展着疆域
四蹄如流,掠过满地的浆果、落叶和草尖上的露珠

有时,它拉着踉踉跄跄的我,向着虚空纵身一跃
我还没准备好,未及发声,也不知要去向哪里

清风拂面,早晨的第一缕曦光,转动着林间密码
在我们凌空的脚下,醒来的大地正咔咔作响

黄昏独行

两个小时的驾车后
她独自抵达
百多公里外的一座南方山城

沿着曲折的河岸,移步换景
华灯初上的井市

荡漾在粼粼水波中，光怪陆离
抚慰着傍晚的人心

暖意中，她感到体内
蛰伏已久的一个女人跳脱而出
那么轻盈、甜润
没有过往，几乎全新——

"你已偏航，请在前方掉头行驶"
灯火阑珊。她关掉了导航
继续着错误，危险地
愉悦地
融化进一个陌生的小城

枯木引

书房内，卧琴两张
一为百年老杉，鹿角霜、生漆工艺
一为红木清水，纹理明晰

大漆之下，实为枯木
我则日日触抚，并深信，那松透的内里
蕴含有天地万物的声息

"老木寒泉，风声簌簌。"
梧桐、松杉、梓
败棺、老梁柱，榱桷，均可为料

我也深信：但凡良材，皆深藏源头
遇大风雪日
斫琴师独往山中，披蓑笠
入密林，听取那旷世的连绵幽绝之音

我这样的砾石

    过于坦白,几乎隐匿了
    我莽撞一生的真相。你,是如此地错愕

    这个粗糙的形体,已反转了棱角
    磕磕绊绊中,所经的疼痛
    都在内部自行咀嚼。秋风撞怀
    可是要教人酣饮?

    我挪开一丛挡路的枯枝,随着脆响
    没入那苦涩的清气。我离开得有多平静
    就有多轰鸣

    请原谅——我有,对自己的厌恶
    日落时分,二两老酒汗
    整个星空在我胸中灿烂炸响。你听

(选自《诗歌月刊》2022 年第 6 期)

像你寂静的内心
/ 宗小白

剥蚕豆

剥开棉袄似的豆荚
得到熟睡的豆子

剥开革质的豆壳
得到蚕豆嫩白的身子

继续剥下去,还会得到两半
抱在一起的豆瓣

它们那么完美地贴合在一起
那是我们无法得到的

太阳雨

雨水潮湿而又温暖。在一株青桐树
阔大的叶片上,它的每一次触碰都会使树叶
因为得到满足而丧失语言
这让我惊奇不已,并站在树下呆望了它好久
仿佛最渴望被它触及的不是树叶

而是我的灵魂

分身术

在纪录片里看见一只蟹在海底吃力地蜕壳
海水让这一过程痛苦而迟钝
海水让这只蟹一点一点撕裂、挣脱，直至完全裸露
真正的自我
海水将它拍打、翻卷到海岸
在夜晚黢黑的海面
它发出与我独自泅渡于人海时一样沉重的喘息声

马群消失

马群消失。但马还在，追踪过长鬃的风还在
在内心的旷野中
那风总是带着一点点泥土的
气息，带着雨水的腥味。带着两个人
背对背走得很远了，极度需要的一种宽慰
像天空宽慰任何方向的飞鸟，落日
宽慰无故潸然的人

像马群消失，马仍踟蹰不去，低头啃嚼青草
像爱已逝去。但仍会留下那些
不顾一切，深深爱过的人

野有灌草

一张蛛网悬结在灌草上。那么单薄。时间的
每时每刻，都让它颤动不已。

像人的

生存。

一场夜雨，让它缀满泪水。

那些沉重的泪水。你不来到野地，不来到这些
低矮的灌草丛中，都不能相信
它们会被一张蛛网
轻轻噙着

三角梅没有香味

有时你想起，你到过的
不多的几个地方，做过的
不多的几件傻事

爱过的不多的
一两个人。以至于世界在你身上
至少创造过一次又毁灭过一次

现在不知道为什么，它在你坐着的
一条长椅旁，一个花坛里的一大簇
三角梅身上开放了

没有声音，像你寂静的内心
没有香味，因为这种花的香腺同你的
泪腺一样，被什么堵住了

一个婴儿胖胖的手指伸过来
替你轻轻触摸它，要你永远

为这一切，保持柔软

封面是花

封面是花,背面也是花
内页泛黄了
随手翻翻,一本文学
刊物的过期,和人会变老一样
都是不知不觉的

但它还混杂在一摞工作
材料中,将一个人想写点什么
想对自己和世界
倾吐些什么的打算,变成赶紧
先完成手头工作

但它还有那么多花
那是一个孩子画的,那么蓝而
纯粹的天空,那么多认不出名字的花朵
封面和背面都是

入行于野

入行于野。草叶下
穿行的虫蚁,将我们领进
生活的内部。在一柱花蕊中
我们的一生,只完成了
蜂翅的一次振动。我们说过的
那些蠢话,永远带着蓟草
新鲜的刺,摩挲着肆意生长
而没有方向的灌木

但在这片只要活着就很难
幸免于孤独的土地,我们的身体

仍然充满旧年的雨水，一到春天
就会悉数落在爱的歧义
所构成的那么多错综
复杂的枝蔓上

（选自微信公众号"小镇的诗"2022年7月3日）

无法释怀之物

/ 秦立彦

无法释怀之物

仿佛不肯散去的雾,
它所覆盖的土地,
无法照进阳光。

仿佛河中的一块礁石,
妨碍水流,
被船只所憎恨。

我们各自抱着这样的物体,
仿佛它们是我们的孩子。

如果花朵中隐藏着铁屑,
它们如何开放?

万物自得,
只有我们梗在自己渺小的故事里。
我们是自己的泥沼。

世界这样浩瀚,

我们为何缠绕在一团线中?
时间没有溶解它,
但会带走它,
因为时间会带走我们。

缓慢之物

秋天的树上挂着一颗果实,
如同红色的珊瑚珠。
它的前身是春天耀眼的花朵,
迅速开放,又迅速结束。

然后它缓慢地生长,
用了一年的时间。
每天它吸收一点阳光,
每个夜晚让阳光沉淀。

看起来它一天天几乎没有不同,
因为它的世界以年为单位。
它会在秋天恰好变甜,
那之前是漫长的准备。

没有什么能使它加快速度,
时间是它最重要的养分。
每粒米,每棵树,人,也是这样的。
虽然人们常常缺少耐心。

勺海荷花

今天,我来勺海看荷花,
因为它们不会去看我;

因为别的一些湖里的荷花，
都已经被清除，
怕它们会迅速占领一切水面；

因为我不记得去年的荷花，
去年那个空白的夏天；

因为每一次荷花都让我吃惊，
我不明白它们为什么那样高而直地站在水里，
谁调制的那种颜色；

因为夏天并不是很长的，
每个人分到的夏天并不是很多，
而昨夜有一场风雨，
你看，有几片粉红的花瓣已经掉落。

维 持

我们不断地生长头发，掉落头发，
生长皮肤，剥落皮肤，
但看上去还大体完整。
十根手指，十个脚趾，
数目从出生的那一天起没有变过，
颅骨和五官维持着旧的比例。

麻烦的是维持我们的灵魂，
那由许多碎片组成的没有形状之物。
不时有碎片掉落，需要修补，
就像从地上捡起自己的手指，安回原处。
有的碎片生出苔藓，
有的碎片化为岩石。
有几次，天空骤然传来雷声，

那些碎片哗啦啦地响，仿佛要散开，
然而终于慢慢黏合在一起。

就像一条航行已久的船，
一些桨、救生圈、水手已落在海中，
一些桅杆已经折断。
然而它依然在移动，
拖着一条长长的航迹。

猫的身体

猫是一个复合体，
由一只猫和一条独立的尾巴组成。
有时候，猫睡熟了，
尾巴还醒着，
喜悦地摇摆，
像另一个兴奋的动物。
有时候，猫很激动，
而尾巴保持镇静。

猫仿佛有许多事要说，
但它无法说出人类的语言，
它的脸上无法有人类的表情。
而它的尾巴是善于表达的，
发明了一种手语。
我拍猫的时候，
常常单独拍一拍它的尾巴，
它也辛苦了，愿它也如意。

蛙　鸣

我听见黑暗的池塘里，

一只青蛙的鸣声。

青蛙也许在对岸，
也许在某一片水草上。
它的声音在整个夜里。

我无法把自己见过的青蛙，
它小小的身体，
与这声音相连，
就像我无法把布谷那种普通的小鸟，
与春天树林里的声音相连。

青蛙仿佛一个男孩在高歌。
它的声音只有一种色调，
就是欢乐。

读米沃什的童年

读到他三四岁的时候，
我蓦然想起，
他已经死去。

仿佛第一次意识到这一点。
我迷惘于一个死者那样遥远的童年。

然而仿佛比我自己的童年更近。
我的童年已经冷却，
而在另一个空间里，
他的童年正在发生。

我迷惘于一个早已停止了呼吸的人，
如何存在。

我看见许多没有身体的灵魂，
在世间飞翔，不需要翅膀。
晚上他们寄居在书里，
或者来往于人们的梦。

而在有身体的人海中，
许多灵魂已经枯萎，模糊，
如同幻影。

明天的第一场雪来临之前

在明天的第一场雪来临之前，
我去看那座树林。

它每一天都变得更加空旷，
仿佛漫长的告别。

是鸟雀的欢乐时节，
它们在草地上忙碌，
如同跳动的落叶。

擎着棕黄叶子的玉兰，
仍能叫作玉兰吗？

像那些劳作了一年的农人，
树停止劳作，
已经为明天做好准备。
它们抖落柔软的部分，
只保留骨骼与根。

小　寒

仿佛善意的提醒，
说最冷的日子正在过来的途中。

树攥紧了拳头，
准备迎受那最后一击。
每一根树枝都是僵硬的，
仿佛折断了也不会疼痛。

松鼠即将用尽自己的食粮。
奇怪的是那些小鸟，
它们依然那一身单薄的羽毛，
但并没有露出冻馁之色。
仿佛没有什么能损伤它们的热情。
它们的鸣声依然响亮，
空荡荡的林中飞满了翅膀。

卡瓦菲斯

三十年默默的小职员。
每天上班、下班，沿着同一条路线，
一天天变老，
那不变之中唯一的变数。

然而这只是他的一个面具。
他是地中海许多王国与帝国的歌者，
携带着它们的光荣和废墟。
邻人们以为他是一个邻人。
当他在楼梯口出现，他们不知道，
他正驶向伊萨卡，

或者坐在宙斯身边。

他在地中海上空飞翔,
当他的身体在办公桌前写着文书,
像蝉蜕一样。
他俯瞰那些王国与帝国的时候,
有时也看到桌前的自己,
同情会攫住他,
然后他向更高更远处飞去。

凡·高

贫穷和无名压迫着他,
使他尖叫,
使他早死。

然后这些都成为传说的一部分。
现在,他的影子上堆满黄金。

如果那黄金中只有一小块儿属于他,
他就不会尖叫、早死。

当他看到这一切时,
是感到其中的反讽,
还是喜悦于自己的胜利?

我想象他站在某一场拍卖会的角落。
然后他走到那幅画前,
困惑地说:"抱歉,先生们,
我觉得这是我的。"

(选自《诗潮》2022年第4期)

赵飞
《西湾 5》
44cm×33cm
纸本水墨
2019 年

诗集诗选

《交叉路口》诗选

/ 世宾

交叉路口

如果它静止,万千世界
陷于空寂;如果它沉默
万物和它们的纠葛
将暂时得到停歇
这个时候,它无限接近消失
如果此时它颤动
寂静的世界就开始沸腾
所有的执拗互不相容
交叉路口就来到书写的中心

它的存在确切无疑

它是巨大的沉默,它的存在
确切无疑。它的形态、声色
还未呈现
我只是在赶往那里的中途
我又怎能为它命名?
我曾经看见,但只是一瞬
我曾经嗅到,满怀芬芳

它那么巨大,我的胸怀还不足以安放
那里有一束光,照临我
使我的灵魂愉悦、安详
寂静中,它馈赠给我语言、诗篇

一句诗周身散发出光芒

一句诗光临了我,我看见
它周身散发出光芒——
一束光,来自那崭新的世界
照亮我,使我从污浊中脱身
时间已抽掉我肌肉中的硬骨
我依然为之一振:我爱!
我可以用我的衰老
——爱你吗?
我可以用我的绵长和耐心
——赞美吗?

我爱!
如果旭日——我爱!
如果鲜嫩的蔬果——我爱!
如果同样的衰老——我爱!

一句诗周身散发出光芒
如果它源自我已厌倦的日常,我爱!

蓝色博格达

石级一路向上,博格达峰
引我进入高处
肃静的蓝,仿佛
被启示或者理性覆盖

巨石隆起,还未能减轻
大地的疼痛
秋虫的尖叫
一定是慎重的提示
懂得虚空的人,已经寂静
更多的嘈杂
却是源于赞美
越往高处,蓝色越深
再深的蓝
也挡不住风
我的衣衫,更加
剧烈地摆动

警 告

一个陌生人的死去,也是
——我的一部分
那个死去的人,他的痛
会在一个活着的人身上重现
与被逼接受死亡对应
活着的,都是幸存者
有多少幸存者可以心安理得?
死去的太过无力,而
活着的,不能过于喧嚣
唯有死神,在杯盏和街衢间
从容地收割——它无须感恩
它落在地上长长的刀影
有更深刻的公正

沙滩上的沙子

这众多的沉默,在大海边

我们希望它呐喊,歌唱
我们需要确认它在那里
并且,是那么独一无二
它们密集地紧挨着,多么弱小
几乎不能有任何想法
无法叫喊,因为
绝对的隔绝湮没了它们的声音
大海和海鸥的喧嚣如此巨大
只有沙子是无言的,它清楚
一切的伪善和甜蜜的谎言
——沙子呐喊时它是无声的
沙子是一直在呐喊的,只是
生了锈的耳朵在另一面
当他们铁了心的脸
被强行扭转过来
一定是某种力已经凝聚到了熔点
已经把本来迟钝的天平
拨向了另一边
当狂风卷起
那些沙子愤怒的质问
将没有什么能够遮盖

偏　执

之前多么亲切,随意地
请你吃茶,说着家常

毫无征兆地,她
堕入了地牢

忽然间,一个人就不见了
一颗焦虑的心,拽着她

像在沸腾的水中
非如此不可,非如此不可

多么熟悉的环境
却难以安宁

手臂撞着,脚被碰
舌头咬着,心被搅

吱的一声
电流敲击

一只蜘蛛掉落
失措间,满地杯盘

沮丧、愤怒,她一直
往下掉,却无能为力

她呐喊,呼救
张合着嘴

但无人听见,她自己
也只听见催命的冷笑

她的敌人不是丈夫、孩子
她在与一个未明的人较劲

她揪着自己的头发
不断地抖动那张抖不平的人皮

飞机、坦克、汽车,所有发音的器物

轰隆隆而过，直至

把她碾得粉碎
她的自燃，才得以平息

镜中的父亲

走着，走着
忽然在镜子里
就遇见了父亲。一样的
厚嘴唇、耷拉眼
一样憨厚地一笑，仿佛
对人生葆有微微的歉意
只是抬头纹少点，发声的
器官，传来更深沉的共鸣
说明这个，比那个
有更多活命的空间
发际线还在后退
这一退，就退到镜中的父亲
少年时，父亲霸道、易怒
肮脏的乡村巷道
时常恼怒于，他手里的
棍棒，直至天色暗下
但那时从未抗拒
他的秃顶，头皮的反光
可以看到，家的踏实
如今凋零的发丝
一缕，一缕，就像抓不住的时光
偷偷地，夹着一点荒凉
昔年的侠客，背剑行走的
江湖，还有满腔的壮志
已经不重要了，却难割舍

因为他清楚,那一切
已难以实现

(选自世宾诗集《交叉路口》,长江文艺出版社 2022 年 3 月版)

《春山空静》诗选
/ 段若兮

幽蓝之湖

你用巨大的寂静攫住了我
——此刻的我,和永恒的我

水草和我的面影重叠
一条红鱼游入我的眸孔
又从肋骨的缝隙间游出

芦苇之畔,荒草杂生,掩埋了路径
一座断桥,便是尘世派来的使者
接我回去

昙　花

若能用"一瞬"教导"永恒"
我愿在黑夜独自盛放,并立即
——死——去

于是,昙花在夜之祭坛打开冰晶的身骨
香息绵密、锋利、冰冷

当她忘却了所有痛苦转身离去后，香息还留在原处
只是一滴泪，熔断了月光的钨丝

……夜熄灭了自己

散　步

沿着月色铺成的小路，步入密林
雾气混合草木的清芬，盘结于蛛网
树冠为归鸟和传奇构筑藏身之巢

在虫声和风吟的天籁之乐引导下
走入密林更深处。踟蹰漫步
久久思索的问题没有答案
困顿，如囚于无迹可寻的风之笼中

风语如丝。流萤闪烁让夜色更为深浓
而密林寂静，只有星光休憩于露水的宫殿
徘徊良久后，你转身返回

走出密林，无意间抬头仰望
方觉真理如此朴素而简单，它早已镌刻于星阵
亘古至今都裸呈于苍穹

没有写出的词语

我写出的词语都在纸上：
被照亮，被看见，被传诵，接受时间的检阅
有形状，有含义，被读出声音
会哭会笑，会叹息，会深思和发怒……
——它们最大限度地表达了自身

也表达了我

　　可是，我没有写出的词语去了哪里？
　　——废纸篓？丢失的草稿本？断掉的笔头？
　　……盲女的眼中？
　　失语者的喉管里？
　　我写出的词语和没有写出的词语之间
　　是什么关系？谁是谁的仇人？或者
　　谁是谁的……母亲？

　　——我活在我写出的词语的废墟里
　　更是活在我没有写出的词语的刀刃上

恍惚，然后深爱一切

　　恍惚的瞬间，一定是时间裂开窄缝暂时释放了我
　　我出离，脱离世界运行的秩序
　　……当时间重新合拢，我和万物各归其位
　　并彼此看见

　　——我用不可逆转的苍老看见世界永恒的年轻
　　苍翠、青葱、洁净如初生。而恍惚的那一刻
　　是我生命图册上被撕去并永远丢失的一页

　　恍惚过后，时间的裂隙消失。万物在我面前次第打开
　　我走近并抚摸她们。那些我不爱的部分
　　我用泪水擦亮了再爱，那些我曾深爱的部分
　　我将再次深深地爱上

阳　台

　　汹涌而来的是远山、云阵、无尽的灯火和路之阡陌

当大海升起水的帘幕,阳台脱离房屋的建构
成为孤悬的岛屿

乌金的鸟翼掀动了风。阳台上升
止于月之危崖。海水落下来
浪花的地板以水承载我,而天空以星象
作为语言,诉说须臾之不朽

夜深了。群星的屋檐低垂,搭于额头和肩膀
阳台上亮着唯一的那盏灯,引导黑夜
走向夜的深处

母亲的缩影或真相

在你破碎的一生中
那么潦倒、勉强而痛苦地爱着你的孩子
一次次举起巴掌,又一次次
收了回去
擦干泪水后,你又一次系上围裙
走回厨房

厨房的水汽模糊了你。切菜的声音、剁肉的声音
擀面条的声音、炒菜的声音、煮面条的声音……
从水汽中传出来。传出来

在每一个母亲的身上,究竟消失了多少女人?
——那个在父母怀里撒娇的小女孩消失了
那个背着书包追赶校车的中学女生消失了
那个对世界一无所知而又踌躇满志的女大学生消失了
那个心如鹿撞等待约会的妙龄女子消失了
那个新婚后充满甜蜜和幻想的女人也消失了

可是那个尝尽苦痛却无法让这苦痛变甜的女人
活了下来（在道德的高塔之下
在教义的神殿之上）当痛苦都变成麻木，她
活了下来

此刻，她正从厨房的水汽里
走出来

咸　涩

——太咸涩了。饭菜里的盐又放多了
妈妈，医生说你的味觉正在退化
医生说，人老了都会这样的

是时光用旧了你。衰弱，苍老，疲惫
味觉退化，听觉也在退化，
和你说话总要很大声，一字一句地说
说过了还要重复再说

太咸涩了。这口饭我含在嘴里
忽然就想起过世的外婆
……爱让人软弱，恐惧，疑神疑鬼
我们和时间争夺亲人，总是在输

我把这口饭咽下去了。随后大声地和你说着话
随后再一遍一遍地，重复说给你听

背　影

你的背影消失于风中，就是光阴的一部分
你的背影沉湎于酒中，就是血液的一部分
你的背影融化于雪中，就是寒冷的一部分

你的背影淹没于夜色中,就是黑暗和深渊的一部分
你的背影凿刻于记忆中,就是绝望和死亡的一部分

什么是背影?
——就是你从远方走来穿透我又离去之后在我身体上留下的
人形的空腔

不要回首
也没有什么需要偿还。从此以后这个世界上
再也没有什么能让我感到疼了

(选自段若兮诗集《春山空静》,长江文艺出版社2022年5月版)

《不思量集》诗选

/ 李苇凡

小　镇

叫作沙鱼的小镇，位于两省交界处，
三、六、九逢场，
两个省的人都来了，
几条老街人头攒动，
不用担心，
人们总能找到自己的亲戚。
小镇那么小，它却动用了两个省的土地，
两个省的天空。
两个省的玉米，连成一片，
只是更绿，面积更大，
北边的玉米刚出花，
南边的玉米就怀上了。
甲省的周龙英，经人介绍，
嫁到乙省的沙鱼镇，
乙省的王连生，死后葬在甲省的龙庭乡。
夏天的黄昏去散步，我牵着女儿，
女儿牵着一朵云，
有时候，云会化作雨，
落在省界附近那些人家干净的瓦片上。

雪

雪在离地数丈的地方停住脚步,
在竹林顶端,又密又厚的枝叶托着雪,
沉甸甸的,却落不下来。
雪睡在竹梢上,
一种前所未有的挫败感困扰着它,
一种半途而废的迷茫,让它疲惫不堪。
此时,我们的游戏正从旷野,
转至林间。
我们抬头,仰望高高在上的雪,
很快便理解了它的苦衷,
每个孩子抱着一竿竹,使劲摇晃起来。
被惊醒的雪,纷纷往下跳,
落到我们头上、脸上,
落进衣领里,吸走我们身体的热量,
创造出一种惊心动魄的冰凉。
雪,终于落到地面,融化的雪水渗入泥土,
我们听到大地轰鸣,
脚下,春笋破土而出的声音。

无人居住的房子

每次看到马路边无人居住的房子,
就觉得可惜。
主人,已经离开很多年,
飘出过炊烟的瓦沟长满了各种杂草,
可能是风,也可能是鸟儿
携带着植物的种子,爬上过房子,
所以瓦片大多移动过位置,
很多地方完全不合缝了。

一旦下雨，雨水就会漏进去
打湿桌子、柜子，还有主人的大床，
他们离开时，大概还是新婚吧，
门上的对联，残留着少部分字词，
但是纸，全变白了。
让人欣慰的是，雨在每次停止之前，
都能保证檐下的水缸，被灌满，
因为里面养着一尾月亮，上天知道，
它是这幢房子，
唯一活着的，一种生物。

光　源

女儿捉到一只萤火虫啦，她双手捂住那发光体，
光便从指缝间漏出来，
她打开那小小的囚笼，光便被释放出来。
她仰着头，看它蓄势，起飞，
往稻田的方向飞，
练习它在幼儿园学到的飞行技巧，
女儿追上去，循着光源，学着那虫儿飞。
那几年，我们住在乡下，
夜晚如此漫长。
幸好，上天垂怜，赐予我们无数光源：
有雪，
有萤火虫跟空气擦出的火星，
有满天星星和古老的汉语交相辉映。
女儿太爱那些夜晚了，她在那里度过了最好的童年，
经历了最纯净的光的照彻。
我告诉她，贫穷不可怕，失败也不可怕，
如果有一天，光源被囚禁，也不要悲伤，
在草木永续的故地，
在父亲的骨殖里，仍可提取到那一点磷光。

手语者

他总是半夜回家,把他的秘密语言,
藏进一根麦草里,
才肯与人说话。
这个神秘学院的传人,
每日游走于各个乡镇、村庄,那巨大的交易市场。
黄牛、水牛低头吃草,沉默如一面湖水,
安静,如一摊墨迹。
只是那畜生的毛色、膘情、性别、
牙齿的发育和磨损程度,手语者了然于心。
对手出现了,
那是真正的知音,
眼神之间并无交集,却同时向对方伸出一只手。
在深邃幽暗的袖管里,两只手相遇了,
接着一只手咬住另一只手,
然后放开,再次咬住,
如此这般,
似嘈嘈切切,又似唇枪舌剑。
直到两只手完全从袖管中抽身出来,
清风明月,各归其位,
静谧之处有风起,黄昏之后有一场细雪。

幸运说

从这条路上走过的人是幸运的,
卖椪柑的大姐坐在板车旁,
对我们报以微笑。
卖椪柑的大姐是幸运的,
桂花落下来,撒在她的头发上,
让人误认为,桂花树下,

坐着一位化身民妇的圣母。
花瓣落在水果上，
也会给水果，增加一份意外的香气。
天真冷啊，
但是太阳马上就要出来了。
阳光穿透薄雾，给大街上的每一个人，
带来一份新年的礼物。
卖椪柑的大姐，所获甚丰，
她护理的每一个水果，
为她收集到足够多的光芒——
那拥挤在板车上，刚刚睡醒的，
一群黄金般的婴儿。

告　别

没有比春夏之交更适合告别了，
黄葛树正加班加点，更换叶子。
一位母亲推着婴儿车，在广场上散步，
她的一对孪生婴儿，
通过咿咿呀呀加手势，
旁若无人地，
阐释着对这个世界的理解和规划。
很显然，在这份设计中，
并不包括我，
和像我这样 Out 的中年人——
如同黄叶，理应从这个世界撤离出来，
向大树告别，
向天空告别，
向喜得头胎的灰背雀告别，
祝她成为快乐的母亲。

修　改

我站立的地方，以前曾住着死者，
后来修改成了广场，
人们在上面散步，跳舞，
被视作他们前世生活的延续，和补充。
师范学校附近的溪流修改成了马路，
按照这个逻辑，车轮应该修改成船桨，
才能到达目的地。
柑橘园，修改成车站。
向阳坡，修改成小区。
老师带我们上写生课的荷塘和稻田，
则修改成购物中心。
后来我们习惯了修改，
男人修改成女人，
哭声修改成笑声，
树木、山谷和天空，总是被改来改去。
只有我的笔，可以在纸上，让它恢复原形，
我诗歌的语言，
主要来自斑鸠和鹧鸪的语言。

香樟树

公交站口，立着一根半人高的树桩，
从纹理上辨认，这是一棵香樟树，
因为长得太高，
无法跟市政园林局规定的树种统一起来。
香樟树砍掉了，只是那树的形象
还被天空记着，
有时我站在那儿等车，阳光下，
总有一个悲伤的影子

罩着我，在我心里，
也在地球上，留下一片小小的磁场，
等到冬天，雪就按照既定的路线落下来，
却扑了个空，巨大的树冠没有了。
这片街区根本找不到另外的树冠来代替，
雪就落在马路上，
到处是泥，所以很难移到稿纸上。

初　冬

外面我们曾报以热情的事物在冬日冷却下来，
教室里依然温暖，
空气保持着流动的形式。
孩子们开始朗读张志和的《渔歌子》，
其中有"桃花流水鳜鱼肥"这样的句子，
让一只野蜂误认为，春天就在房间里，
而从窗口飞进来。
一下午，它都在绕着吊灯飞，
一直苦熬着，不肯死去。
不用我特意安排，
接下来的日子里，孩子们一定会找来
杜甫、范成大、弗罗斯特，以及赖特的诗来读，
为这只困在语言实验室的野蜂，
不定时输送营养物质，帮助它渡过难关。

固　执

他每日阅读，写作，有时候夜很深了，
还不肯睡去，
他固执于这座城市一种快要绝迹的生活方式。

他喜欢弄险，为了造出奇崛、陡峭的句子，
他使用的词语越来越偏僻了，

有一部分来自深山，
还有一部分，是从墓穴里搜寻来的。

他一直在思考有没有办法，
让他远离这种危险——
对语言本身造成的、不可逆的伤害。

他想起小时候，看见雏燕在院子里练习飞行，
并为她第一次在天空的稿纸上，
勾画出虽稚拙，
却明亮的线条而深深着迷。

秋　光

相对而言，我现在所处的位置，
在谷歌地图上，
显得孤立、涣散。我让出的部分，
三五成群的孩子，骑着单车，
从我身边驰过，
这时候，我会停下来，
再看他们一眼。
最吸引我的，
是晨光下，那露水一样明亮的身影，
让整条大街闪闪发光。
我也经常骑车出行，
却再无他们那种洒脱与轻盈，
我骑行的速度，
刚好够得着被一片落叶击中，
那是上天降下的一道神谕，只有到中年，
才能读懂的，
那种手写的短札。

（选自李苇凡诗集《不思量集》，长江文艺出版社2022年5月版）

《宝石山居图》诗选
/ 卢山

宝石山居图

  春雷一声吼,穿透云层和宝石山
  我身体里沉睡多年的猛虎
  突破月光的防线,急速下山

  春分后,草木茂盛,我即将远行
  暮晚,读飞廉诗集《不可有悲哀》
  写诀别书,不觉老泪三四滴

  头顶惊雷催促,马蹄声声
  雨水里宝石山那棵苟活多年的
  老树终于在夜晚轰然折断

  妻子劳顿,侧卧卷帘
  如一株忧伤的山茶花
  九个月大的小女儿,不识愁滋味
  一片惊雷中,贪吃西瓜

宝石山梦游记

午后,梦里鸟鸣击落芭蕉叶,如一颗颗
佛珠落进湖面。我从远古的宫殿惊醒
推开窗子,惊异于我这腰围渐涨的中年
面对这座郁郁葱葱的宝石山
埋葬我于一千年的保俶塔下

在烟熏火燎的同事推开办公室的门之前
我是荡舟湖心的白居易,是醉酒楼台的苏东坡
也是电动车上高唱《国际歌》的皖北青年

少女颂

我冲得出去吗?这牙齿紧闭的档案袋
藏着我雷峰塔般沉重的命运
如果我大喊一声,摔门而去
像阮籍驾一辆牛车穷途而哭
湖畔的少女,你会为我唱一支挽歌
再用金色的夕阳将我埋葬吗?

我们从未谋面却又相识多年
耽搁于办公室空洞的狂想
宝石山下的黄昏,我的窗口
总是充满你遥远的可爱的形象
你从湖畔款款走来,带着不可抗拒的
命运的气流,推开我幽暗的房门

我该说些什么呢?我的少女
我该如何向你陈述我的一生?
如果我沉默不语,从苍老的树身里

忽然流出了浑浊的眼泪
这不是缘于暗夜里的孤独
更多是万木逢春的欢欣

如湖底的火焰，仿佛你从未走远
在奔突的热血里，你永生，你绽放
如我少年时紧紧摁住的一句誓言
仿佛你就是枝头那只雀跃的松鼠
在每一个暗无天日的黑夜
你成为我笔尖跳跃的，那永恒的虹

散步诗

我们散步归来
暮色如命运尾随身后
三十岁的胃里
湖山的气流翻滚

西湖隐没在词语的背面
划船的人还会归来吗？

逐渐远去的这一日的
鸟鸣和阳光，仿佛宝石山的钟声
驱散脊背上的黑暗

我们牵手踱步走着
无所谓路的尽头

寄　远

在二十五楼，北京开始结冰。
凌晨，只有你送我的手表还在走动，

像是你在和我说话。

黑夜里,我们还可以写信
多好啊,我们枝繁叶茂,在大地上行走
耽搁于共同的空气和花朵。

晚安书

脱掉沉重的夜色,轻轻地
按掉开关。当我说出晚安的时候
这个世界的车轮会停下来吗?
它能驯服内心奔涌的山川河流吗?

蹲在马路上不停抽烟的男人
在深夜的日记里哭泣的女人
公园里数星星荡秋千的人
地铁上眼睛饱含热泪的人

——让我们拥抱,晚安。

闪亮的名字

我爱慕过的那些女孩
名字还陈列在博物馆里

作业本和小巷的墙壁上
歪歪扭扭写满她们的名字

下课铃声,青春的链条飞速转动
自行车在一场雨水里生锈

暗夜里偷偷写下的情书

仿佛从未兑现的承诺

很多年忽然过去了
她们的名字如明月高悬

在飞机上写诗

此刻，远离大地
我是一个没有故乡的人
写一首诗，太过艰难
稀薄寒冷的云层之上
我将从哪里获得我的词根？

那些扑面而来的云朵
是一群雪山上腾跃而起的野马？
在气流的上升和降落中
我将如何摊开我的一生
讲述这其中的惊险和壮丽？

此刻，我双手空空
生命里的一些遗憾，如同面前
一杯没有来得及喝完的白开水
气流拍打着机身，我们枯坐
如一座座沉默的墓碑。

通往故乡的河流

老家被拆，我们的身体经历一场地震。
劫后余生，我们三姊妹
如一块块石头流落四方。

石头不能再回到山上。

我们将带着自己的裂缝
成为沙,成为水
成为一条条通往故乡的河流。

向死而生

外婆九十多岁,早年丧夫
四个女儿远嫁他乡
历经骨折、哮喘,一次次手术
她的身体脱落成一截瘦小的树桩
岁月抽干了她身体里的水分
她轻得如我远行的一张车票

外婆不再说话,很少吃饭喝水
吃力地呼吸每一口空气
像一个随时都会被黑夜打翻的板凳
她喜欢靠在门口的槐树下
望着远方起伏的河滩
春风漫过了沟渠和坟墓
她日渐腐烂的身体上开满野花

(选自卢山诗集《宝石山居图》,长江文艺出版社2022年5月版)

域外

月光奏鸣曲[1]

/ ［希］扬尼斯·里索斯
/ 赵四 译

春夜。一幢旧居中的一间大屋。一身素黑的中年女人，正对一名年轻男子说着什么。我忘了提那黑衣女人出版过两三本有宗教意味的值得注意的诗集。好了，黑衣女人正在对年轻男子说：

让我跟你走吧。今夜有怎样的月亮！
月亮仁慈——它不会照出
我已银丝斑斑。月亮
会再次把它变回金发。你不会懂的。
让我跟你走吧。

有月亮时，屋里的影子渐渐增长，
看不见的手拉起了窗帘，
一只幽灵般的手指在钢琴落灰上写下
被忘却的话——我不想听到它们。嘘。

让我跟你走吧
再走远一点儿，就到砖厂院墙，

---

[1] 译自彼得·格林（Peter Green）和贝弗利·巴兹利（Beverly Bardsley）英译版本。

到那大路拐弯处，这城市看上去
实在又缥缈，被月光洗净，
如此冷漠又脆弱不实，
如此纯粹，像形而上学，
以致最后你会相信你存在又不存在，
相信你从未存在过，相信时间及其毁灭从未存在过。
让我跟你走吧。

我们将在矮墙小坐片刻，然后爬上山坡，
当春风吹拂我们周身
也许我们还会想象我们正在飞翔，
因为，常常，尤其此刻，我听着自己的裙裾响动
就像是有力的翅膀在扇动，
而当你把自己关进飞翔的声音
你感受到你的喉咙、肋骨、血肉勒紧的罗网
因而收缩在蔚蓝天空的力量
雄健天国的勇气里
它使得你是去还是来没有差别
它使我头发变白也没什么不同
（那不是我的悲哀——我的悲哀是
我的心没有也变得洁白。）
让我跟你走吧。

我知道人人独自向爱进发，
独自步向信仰，独自走向死亡。
我知道。我已试过。但那没用。
让我跟你走吧。

这房子闹鬼，它折磨我——
我是说，它年事已太高，钉子松动，

肖像倾落像是正跳进虚空,
灰泥无声崩坠
当死者的帽子在黑暗门厅里从帽挂上滚落
当磨坏的羊毛手套自沉默之膝上滑脱
或当一道月光洒落残年破椅上时。

曾经它也是新的——不是你满目狐疑地盯着的照片——
我是说,那扶手椅,舒服极了,你可以在上面一坐几小时
眼睛闭着,梦想来到你脑中的任何东西
——平坦、潮湿、月光下光亮闪闪的沙滩
亮过我每月一次送街角擦鞋店的那双专销老皮鞋,
或梦想一叶沉在海底的渔船之帆,它靠自己的呼吸在摇动,
一叶三角帆就像一块倾斜对折的手绢只是
好像它没有什么要去捂住或攥紧
没有理由在告别时扬开挥动。我始终对手绢怀有激情,
不会把任何东西包在里面系起来,
如花种或落日时分田野上采集的洋甘菊,
也不会像街对面建筑工地上工人们那样把它们四角打结帽子般扣在头上,
或者用它们来擦我的眼睛——我的视力保持得很好;
我从不戴眼镜。一种无害的特异体质,手绢。

现在我把它们四折、八折、十六折地叠起
让我的手指有事可做。我记起来
这是我从前上音乐厅时打拍子的方式
我着蓝色围裙装,戴白色立领,两条金色辫子
——8、16、32、64分音符——
和我的一个小朋友手拉手,粉红,通亮,还有花束,
(原谅这些离题——坏习惯)——32、64分音符——我的家庭对我的音
　　乐天赋
寄予了极大的希望。但我刚才正和你谈到扶手椅——

开裂的——生锈的弹簧、填充物都露出来了——
我想着把它送去隔壁的家具店,
但是哪里有时间,还有钱和想修的愿望——先解决哪一个?
我想着扔张床单罩上它——我害怕
如此强烈月光下的一张白床单。人们曾坐在这里
做着各种大梦,像你像我做的一样。
而现在他们安息在雨不侵、月不扰的地下。
让我跟你走吧。

我们会在圣尼古拉教堂大理石台阶上稍事停留
之后你会走下来而我往回走,
我的左边身体会感到你夹克碰靠和几格灯光
洒落的暖意,它们从邻里小小的窗口射出
来自月亮的这纯白色雾气,像银天鹅的盛大游行队列——
我不害怕这显灵,因为在别的时刻
一些春天的傍晚,我与上帝交谈时
他便现我以身披雾霭蒙此月华荣耀之形——
许多位年轻男子,甚至比你还要英俊,使我献祭于他——
我熔化了,如此洁白,难以企及,在我的白色火焰中,在月光的纯白里,
我燃烧在男人们贪婪的目光和年轻人跨踏的狂喜中,
被那些光彩夺目的古铜色躯体围拥,
那些强壮的四肢练就在泳池、划桨时,跑道、足球场上(我装作不看他
　们),
那些额头、嘴唇和脖颈、膝盖、手指和眼睛、
胸膛、手臂还有某些东西(这我确实没看)
——你知道,有时候,当你心醉神迷,你会忘了是什么使你迷醉,单单
　是入迷就够了——
我的上帝,什么样星光灿灿的眼睛,我被擢升到否认群星的受尊为神
因为,被来自外部和来自内在这样包围
没有别的路留下让我走,唯有上升之路或下降之途——不,这不够。

让我跟你走吧。

我知道现在很晚了。让我来,
因为这么多年来——白天、黑夜,还有深红的正午——我都是
独自一人,
不屈服、孤单、纯洁无染,
即便在我的婚床上亦无玷、孤寂,
我写下荣耀的诗篇呈到上帝的膝上,
我向你保证,诗篇会永存,就像凿进了无瑕的大理石
会超越你我的生命,远远超越。这还不够。
让我跟你走吧。

这房子再也容不下我。
我无法忍受再背负它。
你必须始终当心,小心翼翼,
要用大的碗橱支住墙
要用椅子顶住桌子
要用你的手撑住椅子
要把你的肩臂撑立在吊梁下。
而钢琴,像一口盖上盖的黑棺材。你不敢打开它。
你不得不非常小心,非常小心,以免它们倒下,以免你垮台。我受不了了。
让我跟你走吧。

这所房子,除了是个死物,并不想死去。
它坚持与它的死共生
坚持靠它的死而活
靠它的死之确定性活着
坚持为它的死至今留住房子、腐烂中的床、架子。
让我跟你走吧。

现在，不管我多轻悄地穿过夜雾，
是趿着拖鞋还是光着脚，
都会有声音：一格窗玻璃碎裂，或是一面镜子
一些脚步声传入耳中——不是我自己的。
外面，在街上，也许听不见这些脚步声——
悔恨，据说，穿着木头鞋——
而如果你照这面或那另一面镜子，
在灰尘和裂缝后面，
你会洞悉你的脸，不仅昏黑更四分五裂
你的脸，你寻求的全部生活只不过是去保持脸面的清洁和完整。

水杯的杯沿在月光下闪着微光
像一把环形剃刀——我怎么能举它到唇边？
无论我有多渴——我怎能举起它——你明白吗？
我已在运用比喻的情绪中——至少这点留下来了，
让我安心我的才智没有衰退。
让我跟你走吧。

有时候，当夜幕降临，我有种感觉
窗外有耍熊人牵着他沉重的老母熊走过，
她的毛皮上满是烫伤和荆棘，
拖起街头巷尾的尘土
荒凉的尘雾熏香黄昏，
回到家中吃晚饭的孩子们不被允许再次出门，
尽管在墙背后他们猜得出老熊的经过——
而疲累的熊在她的孤独之智慧中穿行，不知何以、因甚——
她变得沉重，不再能立起后肢舞蹈，
不再能戴上蕾丝帽逗孩子们、懒人、纠缠她的人开心，
她想要做的全部就是躺倒在地
让他们踩在她的肚子上，这样进行她最后的游戏，

显示她可怕的力量已屈服,
她对别人的利益,对唇上铃铛、牙齿撕咬的强迫症已漠不关心,
她对疼痛对生命已漠不关心
已与死亡有明确的共谋关系——即便是一种缓死
她最终对死亡的漠不关心带有生命的连续性和生命的智慧
超越了她有知识和行动的被奴役。

但是谁又能将这游戏做到最后?
熊又站了起来,顺从于她的拴绳、
她的铃铛、她的牙齿,继续前行
咧开她撕裂的嘴唇向美丽、无戒心的孩子们抛来的硬币微笑
(美丽正因为无戒心)
并说谢谢你。因为熊到老
唯一学到的就是说这句:谢谢你,谢谢你。
让我跟你走吧。

这房子使我窒息。尤其厨房
像是海底。悬挂的咖啡壶隐约闪光
像是奇异鱼圆圆的巨眼,
餐具缓慢波动形同水母,
海藻、贝壳缠在我的头发里——后来我无法将他们扯开——
我无法再回到水面——
托盘从我手中静静跌落——我沉了下去
我看见我呼出的气泡在上升,上升
看着它们我试着让自己转向
我想知道某个碰巧在上面且看到了这些气泡的人会说些什么,
也许有人溺水,也许是潜水员在探测海底?

事实上有好几次在那儿,在溺水的深渊,我发现了
珊瑚、珍珠、海难沉船上的宝藏,

不期而遇，过去、现在、将要到来的，
几乎是对永恒的一个证实，
如常言：不朽的一次喘息，永生的粲然一笑，
一种幸福，一次沉醉，甚至是灵感，
珊瑚、珍珠、蓝宝石；
只是我不知道怎么给予他们——不，我确实给了他们；
只是我不知道他们能否收到——可话说回来，我给了他们。
让我跟你走吧。

稍候片刻，我来拿上外套。
这样的天气太变化无常，我必须小心。
夜晚湿重，你难道不认为月亮
老实说，似乎加重了寒冷？
让我把你的衬衫扣好——你的胸膛多么强劲
——月亮多么强劲——我是说扶手椅——每次当我从桌上端起杯子
一个幽寂之洞便剩在了下面。我立即覆上我的手掌
好不去看穿它——我把杯子放回原位；
月亮是世界颅骨上的一个洞——别看进去，
它是个磁场会把你吸走——别看，千万别看，
听我说——你会掉进去的。这美丽、轻飘的
昏眩——你会掉进——
月亮的大理石井里，
阴影惊起，翅膀无声，神秘的声音——难道你没听到它们？

深处，深处是跌落，
深处，深处是上升，
空气的雕塑卷进它打开的翅膀中，
深处，深处是沉默那不为所动的仁慈——
颤动在对岸的灯光，因而照见你摇动在你自己的波浪，
大海的呼吸里。美丽、轻飘的

这眩晕——小心，你会掉下去。别看着我，
说到我，我所在处就是这摇晃——这壮丽的临渊眩晕。也因此每晚
我都略微有些头疼，一种阵发性眩晕。

我时常会溜去街对面的药店买些阿司匹林，
但有时，我太累了便待在这儿忍着头疼
听墙里的管道发出空洞声响，
要么喝点咖啡，如常地心不在焉，
我忘了，倒了两杯——谁来喝那一杯？
这真可笑，我放它在窗台上让它冷掉
或者有时把两杯都喝了，看向窗外药店闪眼的绿灯罩
它就像盏放行的绿色信号灯，前来接我离开的无声列车驶近
我带上我的手绢，我破旧的鞋子，我的黑色钱包，我的诗，
但绝无行李箱——它们有何用？
让我跟你走吧。

哦，你要走了吗？晚安。不，我不跟你走。晚安。
我要自己出去走会儿。谢谢。因为，最终，我必须
走出这幢摇摇欲坠的房子。
我必须看看这城市——不，不是月亮——
看这双手结茧的城市，每日劳作的城市，
以面包和它的拳头起誓的城市，
将我们每个人连带我们的卑微、罪孽、仇恨，
我们的雄心、我们的无知和衰朽
都背在它背上的城市。
我需要听到城市伟大的步伐，
而不再去听你的脚步，
或上帝的，或我自己的脚步。晚安。

屋里渐渐变黑。看上去就像可能是一片云遮住了月亮。突然，附近酒吧里好

像有人调高了收音机音量，一段非常熟悉的乐音传来。这时我意识到，刚才有极轻柔奏响的《月光奏鸣曲》第一乐章贯穿这全部的场景。带着解脱的感觉，年轻人现在必定要走下山坡，他那斧削刀刻般精巧的唇边带着一抹嘲讽的，也许是同情的微笑。一俟到了尼古拉斯教堂，走下大理石台阶前，他就会大笑，不可遏止地大笑。他的笑声在月光下听来全然不会不得体。也许唯一不得体的就是将不会有任何不得体的事。很快年轻人会安静下来，变得严肃，说："一个时代的衰落。"这样，再一次彻底平静下来，他会重新解开衬衫，继续上路。至于黑衣女人，我不知道最终她是否真的走出了这所房子。月光再度普照。屋中角落里，阴影越来越重，带着难耐的悔恨，几乎是愤怒，不是因为生活，更多是因为无用的忏悔。你听到了吗？收音机仍在播放：

（雅典，1956年6月）

（选自《当代国际诗坛》第9卷）

赵飞
《龙山　NO.10》
45cm×35cm
纸本水墨
2021 年

推荐

推荐语

/ 李以亮

我相信"修辞立其诚"。刘美松（一回）的诗，能够很好地验证我的这一信念。我能感到他在下笔时的那个诚意。我能感到他在遣词造句时的自然、不造作，当然还有他的别出心裁。正是因为这些品质的缺失，使我们在平时阅读时"生气"，事情往往就是这么简单。而读到真诗就可以熄灭因阅读伪诗而在内心燃起的愤怒。先于诗写得好不好、写得怎么样的，其实还有一个是什么触发了诗人下笔的问题。如果说一个主题、一个对象、一个素材，它们本身就很低级，尚不足以构成一首诗的基本内核，那么不管作者如何使劲、如何动用十八般武艺，最后所能证明的也不过是作者的"用力过度"。如果这种过度还只是诗歌内部的，只是技术上的问题，那还很好解决，如果是"诗歌之外"的——比如虚荣心——"过度"，就简直无药可救。

刘美松写诗，最大的特点就是"有感而发"。他的诗"从阅历中来"，是实实在在的"生活的诗"。他不操心也不必操心"诗歌之外"的那些东西。因此，刘美松写诗，刘美松写出的诗，属于那种真正的即兴写作。我看重诗歌的即兴写作，我认为它属于诗的自发性或自动性，是保证诗歌原创性的触媒或源泉。同样重要的，是沉淀。诗歌如果来自沉淀基础上的自发与即兴，则尤为完美。但"即兴"是第一位的，即兴之"兴"无比珍贵；同样珍贵的，则是"思"沿着"兴"的轨迹展开。这就是我心目中的诗歌发生学，我所理解的诗的生发机制。

刘美松的这些诗，都是我饶有兴趣反复品读过的。这些诗，对应了他一段特别忙碌而充实的人生。他的足迹、思想和情感的旅程，部分留在了诗里。他写出了生活的兴致、各种感悟和百般滋味。读诗如读人。这些真正"在路上"的诗，在生活间歇中的诗,既与他的生活同步,也是一个有心人的存在的证明。做一个有心人,在我们的时代,很难,但是也尤其值得!

  我读刘美松的诗也有二十年了,现在,我对他的写法,越来越心领神会。他写出了许多我写不出来的诗。他的诗歌是宽阔的、多思的、多情的、明快的、爽朗的,这些都是我们今天特别缺乏的;因此,我不仅歆慕他,也打心眼里愿意向他学习。

年过半百
/ 一回

深圳河的鸭子

  过罗湖关的时候
  光启看到深圳河的鸭子问女儿
  它们是属于深圳呢
  还是香港

  女儿说
  "属于它们的妈妈"

在西安街头看见一只鸟

  在西安
  在赵记腊汁肉店旁的丰登路
  沿街的店铺门口挂了很多的鸟笼子
  钟国康指着其中的一只说
  "你不要飞了呀,
  你头上的毛都撞掉了"

  我顺着他的手指的方向看过去
  岂止是羽毛

半个脑袋都磨平了
血迹结成了硬壳
这要多少的时间
多少的力气
但它
丝毫没有放弃
冲出笼子的想法

我只能向远方看去

在一些人看来
我只是困兽犹斗
瘢痕一层又添一层
成为盔甲

面对嘲笑、漠视或者口水
我照单全收
我是一个天生能受气的人
好在不会因此而膨胀
艰难其实是一道营养餐
当我倍觉孤独
我只能向远方看去
并不停地走
或者爬

MOZART

电子解说器在介绍故事的过程中
播放着莫扎特的一些经典曲目
当然也说到了莫扎特的品牌价值
50亿欧元

让我们回到 1791 年
35 岁的天才死了

一条狗

双向 12 车道的滨海大道
一条流浪狗
在中间的隔离带惊慌失措
经过它的车开始减速
并庆幸
"不是我压死的！"

大家都知道
在 6+6 的车道中间
寻找生路几无可能
总有一辆车
会成为最终的过失行刑者

人们都太匆忙
上班　应酬　约会
如此等等
没有一个人
有时间为一条狗让出生路

在贺兰山

山风在吹，星星们
发出悦耳的撞击声。

爆炒呱呱鸡，清炖黑山羊，
土豆丝，黑木耳，山野菜炒老鸡蛋
四菜一汤

谢瑞、石头和我
喝蝎子枸杞泡的酒，有一些腥
容易似醉非醉
容易想起朋友

是的，我们想起老六了
想起艾泥，想起唐果，想起西娃
石头拿出电话
准确找到这些遥远的人
说一样的话
"我们在贺兰山上
吹着小风，喝着小酒
骨头都吹软了！"

多么大快人心的事
值得奔走相告
值得依依不舍
可是，所有相见只是用来分手

我们摸黑下山
山下的银川光亮一线
不是每个城市都有一座用来依靠的山
今夜，我们回到银川平坦舒服的腹部
躺下，枕着贺兰山入梦
真是得意又安全

放　下

放下一个人
放下身体
放下疲惫和气质
放下喘息

放下梦和梦呓
放下有力的手
和伺机前行的脚
放下企图和野心
放下嘴巴
放下呻吟
放下口号及语言
放下鼻息
和冷漠
放下扇动的耳朵
放下凶狠的目光
放下枕头
放下头
放下
放下

夜归人

夜深，归家
脱鞋，噤声
小心翼翼
孩儿安睡
磨牙切齿

年过半百

一说到年过半百
仿佛还有五十年好活

背　篓

在陕西

在陕西安康
在陕西安康紫阳县城的街道上
在紫府路
一群背篓摇晃着
叼旱烟袋
抽叶子烟
打情骂俏

这群爷儿们
如此清闲
渴望
用自己的双肩讨生活

傍晚的山路上
男人背篓里多了米和盐
女人背篓里的娃娃睡着了

归　程

从北京回来
导航显示 2168 公里
我坐动车卧铺
11 个小时

我买了羊头肉和酱牛肉
还有羊蹄和二锅头
企图明显
一个好梦

其实我一夜未睡
叮叮咣咣
胡思乱想

没有梦
也一样能抵达
像是虚度一生
也可以走到终点

经　停

每天中午，我都蜷缩在
沙发上，睡上一小会
像是飞北京，经停武汉
飞芝加哥，经停新加坡
像一只高飞的鹰，经停于山峰上的岩石

这不是鹰的终点。蓝天和山谷
那无垠的空旷，需要一颗勇敢的心
去征服。这短暂的打盹
只服务于一个梦。空旷而辽远
苍凉而倔强

金字塔

越走近，越觉得自己渺小
只好把车开到远处的一个高坡上
便于俯视，也便于拍照
有人骑着骆驼，有人赶着马车
他们依靠这些坟赚钱，成为职业。

围绕胡夫金字塔转一整圈。
风厉，太阳也猛烈
那些斑驳的石头，从岁月的高处
滚到脚下。国王已死多年
肉身和身边的财宝盗劫一空

美丽的王后也成干尸，这
也不能放过。突然喜欢
挖空心思这个词，一下子
就洞穿了五千年的秘密。

再坚强的壳，也保护不了
腐朽的内心。再多的财宝
也无法忠诚于死去的主人
残阳。残阳。将漫漫黄沙中的雄伟
染成金色。庞大，无力
而无边的空洞
没有一丝光亮可以照进

只有一些火把的灰烬
搬动尸体和财宝的脚印
踩出一个个贪婪的深坑

永生植物

在朝阳大跃城悦界生活空间
地标性的是一棵
来自利比亚草原的椰榆树
高 10 米，直径 1.5 米，树冠 9 米

创意人员真是煞费苦心
这棵所谓的永生植物
没有阳光照耀雨露滋润
活得如此艰难
叶子干枯疲倦无力
皮肤粗糙精神全无

杀掉一棵树

并不一定需要刀斧
和锄头
也许只是一起心
一动念

这是一场下了药的慢性他杀
我用手机记录下这残酷的瞬间
随行的朋友说
子非鱼，安知鱼之乐
子非树，安之树之忧伤

仰视，俯视

我知道
我需要仰视
无论我如何抬高头
我都在低处

我何曾俯视过
芸芸众生
芸芸众生
是我

我俯视我的双脚
我知道
无论我在高处或者低处
它也甘愿
在最低处
支持我

黄　酒

到绍兴怎能不喝黄酒
咸亨酒店的黄酒
黄到黑，像一碗
货真价实
像精心调制的中药

见到安浙琴的时候
才知道那种黑
是人为加了
一种叫糖焦的东西
几乎所有厂都加
因为好看

中午安浙琴请客
喝他们厂自己酿造的
十年陈酿原装黄酒
金黄明亮通透
味道的确不错
但觉得
不像假的那么真

赵飞
《草庙》
38cm×28cm
纸本水墨
2022 年

中国诗歌网作品精选

立春日：未完成的思考
/ 马泽平

我觉得自己就要苏醒了
在北京寂静的夜空
像一颗星宿，像弦月或者花朵
独自完成
闭合到打开的生命历程
再慢慢还原为那些被封印的细节
我比昨日更敏感一些
哪怕是笛声中，涌动的潮汐
也能引我沉入辽阔海域
——仿佛我的故国一直都在那里
风声和浪花
轻柔地托起海鸥羽翅
忧伤转瞬即逝
仿佛这天地之间，没有一件物什显得多余
但欢愉究竟源自哪里
我已经接受过生活千百次的
洗礼。为什么
鼓膜还听不到，青草划破岩壁的颤音

薄　暮
/ 陆辉艳

光线将身影投在礁石上
像另一个自我，摆脱了荆棘
变得幸福、通透

一天中没有比薄暮
更温柔的时刻。当我们注视河面

影子也在注视
它自身虚幻的轮廓

此时红水河逆着光,时间
被它藏在无声的堤岸
和波澜中。有人在游弋
借助浮球,他们可以轻松到达对岸

——为何我来到这里?无须寻找
想象有它的通灵
无须语言。记下这时的薄暮
和此后经历的
有什么不同。无须试探河水
证实我曾与波澜相处
因为突然的鸣啭声阻止了我

那从水草间荡漾的秘密
帮助我消解了重力与恐惧

湖　畔
/ 甘南阿信

琴师桑其格死后的两个星期,尕海湖结冰了。
入夜,一场雪从玛曲卷过;沿湖一带的牧场
黑土被深埋,露出枯干的草茎。
早起的人,远远看见
他的女人在凿冰,高举木勺
猛击狗棒鱼的头。
湖畔小学的校工,小有名气的三弦琴师,我们
在操场边合影。远处,一个藏族男孩
在草丛中捡球;更远处的湖面,几只
黑颈鹤起落。

又一个冬季,我途经这里。
一大群牦牛踩着冻土,在黄昏的
逆光里疾行,像赶往
某个落日下的集市?
湖面发出可怕的声响,似有什么东西
由远至近,从湖底,使劲向冰面撞击。

夜宿木梓排
/ 天岩

没有木梓树。没有水声
拧开水龙头,山泉的气息扑面而来
刚从山里采摘的紫葡萄,就像会说话的眼睛
它们也替我一起守住空落的房子
我并不是害怕夜晚的寂静
我甚至一度在睡梦里
以为回到了荒弃已久的故乡
一个人反复跨过溪流
萤火虫在草丛里不时点亮小浆果

星星还挂在夜空,我们悄悄坐上车
静静地聆听发动机爬坡轰然的声响

挽　留
/ 赵其琛

我从没奢望认识你这么一个人,
让我像海岬上的风想要平平地吹一整个世纪;
我从没意料到会有一首枕边的旋律,
既代表遗忘也代表藏匿,让我在夜里蒸发;
我从来没有一个久难愈合的伤口,
就像我从没想过会有其他云流进我的天空;

我从来没把什么事物放在眼里，
可现在我不再隐藏我想要做回一个婴儿的真实想法；
你啊，你是我之所以写作《我》的内涵。
你是一束永恒的挽留。

塔什库尔干河
/ 杨碧薇

不与天空争，也不同大海抢
在世界的高处，它区别出了
——塔什库尔干蓝
蓝啊，不愧对"蓝"的命名
让一切和蓝有关的词，都不禁怀疑起
自己的本体
蓝啊，蓝得与蓝相互称颂
蓝得令自在更自在，尽情更尽情

一蓝到底
从克克吐鲁克蓝至塔县
从阿克陶蓝入叶尔羌河
从牛羊的家园蓝去骆驼的谷地
从瓦罕走廊蓝往中巴友谊路
从拉齐尼·巴依卡的哨卡蓝向红其拉甫
从初次睁眼的啼哭，蓝遍夕阳下麻扎静穆
蓝到忘了自身是蓝的
蓝尽塔吉克人的一生

梯 子
/ 窗外

与其说是一架梯子
还不如说是竖起的斑马线

我看见它们白色的身子
一条一条地横着
像空气中书写着的
一条一条的规则，我们无法逾越
木质的部分，刚剥开了外衣
从一棵树里走出来
我骑着它，就像骑着一匹马
摆好了驰骋的姿势
可它们之间的缝隙
像深不见底的沟壑
我知道，如果我此时倒下
这　脚下土地，它不能把我的疼痛传到大地深处
不能消解，亦不能跨越
更不要说凭借它
攀爬到高处

骑着中年的老虎
/ 马嘶

在树影下获得的眩晕，仿佛饱满而
闭羞的光籽。通体紧张

大学城里，忧伤的古典少年
揽着初夏的腰肢，让我充盈

我确认，我曾经来过这里。蝴蝶的双眼在
暗处试图一遍遍启示我，恢复我

像山脊那棵古老的、十八岁的香樟
一次次接通舌尖上消失的电流

和点燃颅内烟花。酒饮至凌晨

少女怎么才能重新回到樟叶的体内

我怎能重逢抱头痛哭的我，青年的
我。一头情欲饱满的小兽

像今夜在灯下漫步，我骑着中年的老虎
当然也是为了引起年轻人的注意

松　鼠
/ 林宗龙

很可能，一只突然从混乱的枝丫
窜出的松鼠，是在教会我们
如何度过这一生。它甩动着长尾巴，
小脑袋左右来回地快速摆动，
警觉地查看着四周。
在可能的危险里，它在找寻
一生中那些闪亮的珍贵之物。
是一枚松果，或者另一只松鼠的爱。
那灵魂的爱，让阳光炽烈像一个盒子。
你看松柏上的那些黑色阴影在闪动，
我站在坡地的一处草坪，
等待着一个永远不会发生的奇迹。
那只松鼠，在一生中的
某个微小时刻，察觉到一个异物
在感知着它。你不曾打开的那个盒子，
正发出钟表般的机械声，
像一种指令，两个相安无事的形体
就这样闯入彼此的生命。
我观察着松鼠，一点点消失在
那个密林里。亲爱的，那是奇迹吗？
我沿着松鼠消失的方向，

找到了你递给我的从我身上走丢的肋骨，
那枚在阳光下耀眼的锁扣。

金属的巨鸟
/ 泉子

如果古人看见一架飞机
（这金属的巨鸟）
腾空而起，
就像你此刻在窗台前所见，
那么，在一种混合着
极度的恐惧与震惊中，
会诞生什么？
而你曾立誓
从一个金属的蛋壳中
孵化出
一首伟大的诗。

时　间
/ 蔡英明

鸟鸣重复过一千次，不差这一次
河流淌过夜晚，那是我与诗歌将度过的余生
我无声的绞刑架，小小的狂欢

在你身边时，我不写诗
电话亭被雨水淋湿了
我的时间，都靠在了你肩上

小红书诗歌精选

婚　后
/ 长生

清晨去早市赏烟火
午后倚在你身旁晒太阳
傍晚一同研究做菜
饭后于家门口牵手闲逛
十点洗漱拉好窗帘
挤一张床做彼此的月亮

此　刻
/ 诗歌休止符

情绪低落
真的是低到
像一根绳子掉进了
一口深井
提都提不起来
没办法
只有抽烟
顺便写首诗

轰　鸣
/ 人不交

每到晚上
我就想变成
一台机器
把对你的感情
化作规律的轰鸣

后来我想了想
我其实就是机器
而我对你
全部的感情
其实也就是轰鸣

晚八点
/ 与程

一半暮色
一半街灯
几多半明半暗的云
零星亮灯的窗
空气里有食物的味道

许多个晚八点
不声不响
串联成一个人喜忧参半的一生

城市牧羊人
/ 不冷不刺

没有草原
我停在十字路口望着
左行右转的车
假装它们是我的羊群

今晚不关心人生意义
/ 乔乌

取出我的快递
再买一支巧乐兹

慢慢悠悠走回家里
半窝在沙发不想任何事
毕竟周一的晚上不着急
我就暂且不关心人生的意义
变成一截冷漠的诗
只顾自己华丽
不要世界惊喜

停 电
/ 乌枝

今晚停电了
屋子里装满了黑夜
遗憾的是装不进月亮和星星
我燃起一只烛
气氛竟然溢出几分浪漫
原本死寂的漆黑中
闪烁起渺小的火光
和我跳动的心脏

九 月
/ 隔花人

把一月到八月打包好
寄给那些已经离开的人
走到快递站才发现
我并没有他们的新地址
对面废品站的大叔说
垃圾啊,三毛钱一斤

一个无聊至极的周末
/ 塔塔

  我并不在乎他们快乐与否
  我并不是真的在意
  我只想　在电子雨声中
  无所事事地度过这一天

真材实料
/ 焦野绿

  爸妈说：
  你一定要
  改掉你的
  敏感才行！！

  所以我很努力
  变成了一个写诗的
  小孩活了下来

发现生命的意义
/ 速冻抹茶

  告诉你
  不需要成为别人
  你非常酷
  即便你很害羞，
  无论怎样，
  人生应该好玩才是
  祝你好运。

我们终将会走散
/ 冬也

再后来
有人告白说喜欢我的时候
我想到的
却是那天我说爱你的样子

那个在你面前
眼睛闪着光
清风似的我们

评论和随笔

一个备忘
——关于诗歌、现代汉语、"我们"和其他
/ 韩东

 诗歌不是地方性的，不应该是京剧、相声之类的国粹。所以说，我们所写的并非"中国诗歌"，中文诗而已。有一种世界性的诗歌精神，就像音乐精神或摇滚精神一样，是这代汉语诗歌写作者孜孜以求的，也是其写作的一个前提。当然，作为国粹的诗歌也存在，比如古典格律诗词，从中走出或者与之割裂不完全是语言形式的要求（从格律到自由体），更重要的还是精神气息上的转向。

 这种世界性的诗歌精神之所以能在汉语中存身，有赖于汉语的再造以及生长。离开现代汉语的成长、普及和实用可能，现代汉语诗歌便难以成立，勉强写之也不伦不类。例如现代汉语草创时期的诗歌写作，难免有新瓶装旧酒之感。其实问题并非出在旧酒，瓶子本身就不可靠，徒具异形而已。在此我们真真切切地意识到，诗歌和语言密不可分，犹如泼水渗地，语言问题在某种意义上也是一切问题，至少是位居首要的问题。

 现代汉语和现代汉语诗歌共同成长，互为因果，但从写作者这头说，碰上何种语言、置身何种语言环境则属于偶然。我们偶然地遭遇了现代汉语，偶然地位于它趋向成熟的一个关键点上，可谓一代诗人莫大的幸运。因此，我将中国社会的改革开放理解为现代汉语开始走向"成年"的一个节点，因为国门的敞开，因为实用性的刚需，现代汉语已不可能再囿于一隅，自说自话。这并非是一个单纯的能指变革过程，在所指范围内，现代汉语必须应对工具性和应用能力的挑战。与此相应，在非实用和非功利的层面，现代汉语诗歌对这种新的语言也贡献良多。以北岛为代表的"今天"诗人群所处的位置，在我看来即是先行者或者先知的位

置。实际上，我们也的确是在其启发下开始诗人生涯的。

我们这代诗人被称为"第三代诗人"。1970年代末、1980年代初正是我们的学艺期，至1990年代我们的平均年龄是三十岁到四十岁，集体步入创造力旺盛的青壮年。这代人的生理节奏被镶嵌进一个诗歌进展的重要时段，只能说是一种天赐，有人谓之为"天选"，虽有自我美化之嫌，却也道出了部分实情。必然的进展和偶然的选择总是交会在一些具体的个体之上的。换句话说，当代诗歌没有选择这批人，也会选择另一批人，问题仅在于这批人是否有可能肩负起这项重大而特殊的责任。

我说过，诗歌也就是几个人的事。有了就有了，没有就没有，有了就是一个时代。这一说法侧重的是个人面临机遇时的应对。的确需要天才，而天才，不过是"天才之为责任"。这代人有一个绝佳的开端，以及进行，但事情远未结束。1990年代他们是三四十岁，到今天平均年龄就是六七十岁。1990年代时可说是各领风骚，迅速成名，践行了"诗歌是青春的事业"这一庸人俗论，使其妄语成真。如今这批人是否仍然在写？当然，大部分人都还在写，但是否有其必要，有新的进展、深入以及最终的决定性的完成？这就难说了。诗歌作品要求某种完成度，一个诗人也被要求一种和时间同步的完成。

诗是语言的艺术，就其定义而言是无限的（无止境）。它吸纳个人的精力乃至生命，以成就自身。仅仅是凭借一种语言条件的可能（可视为召唤），受青春能量的支配远远不够，你可以拔得头筹，名扬天下，但对于诗歌之"事体"的卓越不凡却没有意义。在此，诗和诗人便分开了。简单地说，就是你以诗歌为大，还是以诗人为大？诗歌作为一种广阔的非个人的"生命体"要求诗人的全部贡献，不仅要求其无功利，也要求进行中的全神贯注以至于无我。不仅要求年轻诗人的身心燃烧，也要求老年诗人的经验、固执甚至枯竭（枯槁是异常重要的诗歌美学）。总之诗歌要求诗人倾尽所有，回报以一个超越性的奥秘，当然对你而言也不过是惊鸿一瞥。想象吗？也许。但对诗歌不做这样绝对的想象是难以想象的。

我十八岁开始学习写诗，至今四十三年。体会有二。一，越来越不知道该如何下笔了。后来猛然醒悟，这并非由于衰竭，或许是某种正在深入的提示。在我们这个年龄段上，或者这样的"老诗人"中，写得顺溜、无感觉是最危险的。二，就是诗歌这件事的深不可测，有待探寻、完成和纠偏的地方实在太多，它真是无限的。诗歌可说是一个你进它退的永恒的诱惑，就像一个随深入程度的递增而逐渐扩大的回声信号。在这里时间就是空间，写了四十年的诗就该有四十年的样子，而不应该仅仅是四十年的著作等身。

跨越时间，谈何容易。由基于本能的能量启动，如何置换成由至高的目标牵引？身后的推力如何置换成前方的拉力？这便是一个诗人从不自觉到自觉的转向。所有在晚年能写出杰作的诗人都是自觉的诗人，才称得上自觉。当然，年轻时就处心积虑，不以天分、才华、情绪、荷尔蒙为燃料者亦堪称自觉（实际上是早熟），但你还是得步入晚年。也许我们应该拿出一个实例，一个老诗人老而弥坚的实例，但由于现代汉语诗歌的历史相对较短，渐入佳境至今也不过五十年，受物理时间的限制，"实例"难以呈现。不过，我还是找到了一个：多多。当我读到多多这几年的近作，怎么说呢？不是震惊（现在我已很难为写得好而震惊了），而是非常感动。为一个大诗人的深入，为他年过七旬竟然还在"生长"感动。当代汉语诗歌写作中也出现了这样的写至晚年仍能别开生面的诗人。倒过来也说明了现代汉语诗歌莫大的可能和空间。

我们这代人（相较于北岛、多多一代属于晚辈，大约有不到十年的"时差"）还需要再看，因为相对年轻，和具体生命相伴随的创造热情还没有普遍冷却。我们的写作平均以四十年计，四十年，对于一种新诗传统的建立不算短，但对原则上面向无限的深入而言耗时也不为多。几近半个世纪的努力，现代汉语诗歌在两代诗人（我辈和北岛辈）的手中总算有了一个确实而不无丰富的崭新传统，但仍需要一些接近天花板或者穿透天花板的真正杰作加以固定——犹如铆钉？也许，这便是我们这代诗人接下来的工作。一种机遇，再一次的也更为困难的"天选"。光荣与梦想：我们经历了1980年代到1990年代诗歌运动的波澜壮阔、流派和形式探索的纷繁喧嚣，这便是光荣。问题仅在于梦想，是否仍然存在，甚至更为极端了？有没有将美梦化为梦魇（无底的创造之梦类似于梦魇）的勇气？我认为，回顾往昔的辉煌对真正的抱负和野心而言比较无聊。这代人，不对，应该是这代人中的某几个人或可鄙视曾经的光荣，梦见一种难以企及的苦涩的伟大。

新诗自诞生之日起，一直持续到我们这代用现代汉语写作的诗人，有一种焦虑或者掛酌始终萦绕在写作者心头。这就是所谓的中西冲突、相克，民族性和"走向世界"的两难。国粹传统已经失灵，我们所写无论从主旨、趣味，还是从技术方式上说，都和"翻译文学"有千丝万缕的联系。有关身份认同的讨论应运而生，应对策略也层出不穷，但这一切的前提就是相信那道鸿沟确实存在。我们找不到自己的位置，又想确立自己的位置，参与竞争，但无裁判特权。总之一句话，中国当代诗歌在世界性的评价体系里到底居于哪一刻度上？有人说，不亚于任何主要语种的诗歌写作。且不说这无法比较，就算可以比较，你说了也不算数。另有人主张，越是中国的就越是世界的，转而向辉煌而万能的古代乞灵。又有人试图兼而有之、兼容并蓄，创造一种特别的中国现代品种，大有洋为中用、中学为体、西学为用的意思。凡此种种，只有一点是确实的，这焦虑的确存在，并且尖锐、普遍，浓重的阴影一直覆盖到现代汉语诗歌写作的现场。

作为用汉语写作的诗人，这样的焦虑也一直伴随我。但有一天，我突然就释然了，不是说服了自己，而是，由于种种机缘的成熟，面临的现实已不同以往。一种我称之为"世界意识"的观感油然而生。所谓的世界意识，即是你对置身的存在有了某种如实的认同。你就在世界上，在世界中，既不在它的中心，也不在世界边缘，自自然然地在那里，在世界上就像在自己的家里，可以放松了。这与你的眼界有关，更与世界范围的"平坦"有关，人类生活尽管由于文化传统的相异而千奇百怪，但在价值判断和物质细节两个极端上却越来越趋同了。中国尤甚，四十年的现代化进程为这一豁然开朗的认知提供了前提保证。这绝非是西方中心主义换汤不换药的世界景观，而是，"立足脚下，放眼全球"。在这样的世界意识里，不仅有欧美强国，乌克兰、伊拉克、缅甸、委内瑞拉、刚果（金）也异常真实地存在着，不是传说。我们就在这包含了一切地域、民族、文化和传承的世界里，不再一边是我们，一边是世界，也不再一边是世界，一边是中国。我们和世界的关系是部分和整体的关系，而非两个部分的互相对峙乃至交流、互补——而这恰恰是西方中心论或被西方中心论展开的前提。

需要提及的是，世界意识并非是"天下意识"。后者盘踞中心，居高临下，放大自身而边缘一片模糊。世界意识则是一种平等意识，从中心撤离，但并无边缘，到处都清晰可见、可感。以中心置换广大空间，以逼真的细部替代俯瞰之想象。世界意识是世界性的"诗歌精神"得以确立的必要保证，世界性的诗歌精神有赖于价值标准的一致、经验对象的同步以及审美判断上的共识。种种所需因素，由于政治、经济、科学和技术方式的变革、进步，在今天导致了某种质变，已成为大势所趋的定局。

所以我说，并没有所谓的"中国诗歌"。为诗学讨论的方便，我们或许可以这么说，但就其精神指向而言，"中国诗歌"却是自闭性的，甚至就是一种自杀，不应该成为我们苦苦追索的最终结果。只有中文诗歌，特别的语言提供特别的意韵和可能性——在艺术上。但在精神气质上，在价值认同上，在超越性的美学层面，中文诗理应是世界性的，理应加入或进入世界，参与人类整体置身其间的这个真实可感的共有的存在。

　　皮球再次被踢回到语言上。中文，或者说现代汉语到底是一种怎样的语言？首先，它脱胎于古典汉语（文言），但绝非古典汉语，更非文言的变革和完善，而是一次绝对意义上的脱离、脱钩。现代汉语是凭借古汉语或者以古汉语为原料素材的另一种新语言的再造。现代汉语和古汉语的关系就像佛教和印度教的关系，或者基督教和犹太教的关系。看不见这种深刻的断裂、这一全新的创生事实，我们就不能理解现代汉语的本质、特性，它的特殊意义和特别困境，当然也看不见其历史机遇。

　　现代汉语从古汉语中继承的，可以确定的只有一个基本的层面：字，汉字（或许还有成语，但成语也是由字组成的，暂不讨论）。但即使是字，在现代汉语中也并非是最基本的语义单位。现代汉语中基本的语义单位是词，由字组成的词，特别是（绝大部分）两个字组成的词，这和古汉语中基本的语义单位字（单字）大相径庭。基本的语义单位变了，使用语言时的节奏于是全变，比如古典诗词中的对偶之类的技术方式就变得毫无意义。格律诗必然难以为继，赋和八股文更不用说，整个古典的文章之道如果套用于现代汉语，瓦解和崩溃便是题中应有之义。这里只是在字词的层面且举一例，如果论及语法、所指等其他语言因素，古汉语之于现代汉语的差异只可能更大，更天差地别。

　　一种语言的垮台和一种语言的诞生，首先是对现实变化的必要响应，是由语言的实用性和工具性的要求造成的。从古汉语到现代汉语，和中国社会的百年巨变有关，这里就不去说它。总之，抛弃旧语言再造新语言是历史转折期的当务之急，利用手边之物再造语言亦顺理成章。这手边之物并非只有古汉语、口语、官话、方言、西语、"翻译体"在现代汉语的再造中都提供了至关重要的资源和材料。经过博弈的混乱，加上其他干预，现代汉语的规范化总算有了眉目，我认为，这就是普通话的确立和普及。所谓的现代汉语走向成熟应该是从这一刻算起的。难以想象在今天有人用方言写诗，或者用文言写诗，仍能捕获到我所说的世界性的"诗歌精神"。语言和现实存在紧密关联，存在即镶嵌在某种特定而有效的语言之中，一种局限性的语言或者草创时期不确定的语言又如何能把握我们今天所面临的深广存在或现实呢？新诗的确有赖于新的语言，也就是现代汉语。而现代汉语诗歌杰作的出现又有赖于这一语言（现代汉语）的成熟，在我看来，就是普通话的流行于世。普通话即是现代汉语的口语，狭义的现代汉语（中文）即是普通话的书面语。现代汉语的口语和书面语的一致以及有效互动恰恰标志着这种语言（广义的现代汉语）的成熟。仅就口语和书面语有效互动这点论，现代汉语就是完全异于古汉语的一种全新的更具可能性的语言。古汉语的成败皆因为它只是一种书面语。书面语的优势在于它的稳定性，它的固化倾向，更有可能跨越时间。这方面古汉语可谓做到了极致，由此而写就的诗词就语言能指层面而言，已经近乎永恒。

诗词格律是诗歌的外在形式，亦预设了精神流动的可能空间，虽然局促，但到底安全和方便。这是以疏远口语为代价的，同时也疏远了口语滋生的现实存在。现代汉语诗歌同样需要外在形式，或者说，也有其外在形式，但和古典诗歌不同，几乎每写一首诗都得量身定制地创造一种特定形式，共用的外在形式（比如格律）则无处可寻。如果这种为具体诗作的量体裁衣成功，便独一无二，如果失败，破绽和裸露就不可避免。从这一角度说，现代汉语诗歌的写作更具有难度，失败率更高。现代汉语诗歌取消了古诗词那样的外在形式，实际上是将某种内在形式外化成了外在形式。现代汉语诗歌实践了现代诗歌艺术的一种公认的特质和传奇，即，它的外在就是它的内在，它的形式就是它的内涵。呼吁现代汉语诗歌格律化或者建构新的外在形式，关键不在于倒退，倒行逆施，也不在于投机取巧，回避风险和失败，而在于这是对现代诗歌表里如一审美的放弃，是用二分法要求某种浑圆一体、具有存在性深度的艺术方式。

我们这代诗人所经历的，既有个人表达的特殊问题，亦有外在于个人的语言再造的问题，以及在此新的语言之上寻求诗歌创造极限的探索和挑战。内心的骚动加上外部激荡，就这么一路走了过来。就我个人而言，探讨过语言和诗歌的关系（"诗到语言为止"），进行过形式或文本实验，在中西影响的对峙、交往中有过身份焦虑，在艺术方式和身处存在的分裂、互动中也曾惊疑不定。加上生理时间的老之将至、现实因素的刺激和干扰，可谓思之多多、阻力重重，深感写诗或者诗人的生涯即是一种特殊而深刻的折磨。此刻，在六十岁这个时间点上，我特别愿意将诗歌定位为艺术，写诗则以作品为目的。不是取消问题，而是试图整合所有的问题，所有的问题归于"一切尽在不言中"，让作品本身说话。除了不可企及的杰作，我们还能指望什么呢？

  艺术的意义即在它的非功利性。诗歌是语言艺术，和具体的语言间有种种神秘莫测的互动、因果，但它的非功利性，或者说它的无用，所造就的灿烂辉煌（艺术价值）并不会使一种语言更加有用，不过是证明了该语言的富余、多出、潜力、可能和生机。用多出的语言我们创造一种奢侈，以表明这种语言的高贵，甚至伟大。而和现实历史正面发生关系的则是语言本身，是携带了此种"神性"（艺术性）的语言的截面，或可用来改善生存，作用人心。

（选自《中国现代文学研究丛刊》2022 年第 6 期）

在自然与风景之间：
中国新诗现代审美的生成及主要表现

/ 李海英

一、从"自然的代表"说起：中国诗歌的审美特质及其现代转变

1918年4月15日，《新青年》第四卷第四号出版发行，上刊胡适的《建设的文学革命论》，提出用白话作各种文学，包括"通信，作诗，译书，做笔记，做报馆文章，编学堂讲义，替死人作墓志，替活人上条陈"等。此种言论再次引动朋友们的神经，朱经农、任鸿隽先后致信于他。任鸿隽在信中谈及了四个问题，此处单说"自然"一事："今人倡新体诗，动以'自然'二字为护身符。殊不知自然也要有点研究，不然，我以为自然的，人家不以为自然的，又将奈何？……实在讲起来，古人留下来的诗体，竟可说是'自然'的代表。什么缘故？因为古人作诗的时候，也是想发挥其'自然'的动念，断没有先作一个形式来束缚自己的。现在留存下的，更是经过几千百年无数人的试验，以为可用。"胡适在回信中先是承认任鸿隽说得对，紧接着就反驳说经由千百年试验留下来的东西不一定有"自然的美感"，如"古人缠足"，然后用历史进化论的方式指出"自然"是变迁的，而且新诗也是"有研究的自然"，比如沈尹默的《三弦》一诗就作了两个月。

任鸿隽认为新诗动辄以"自然"为护身符，胡适也承认，说明新诗确实有重自然的现象。我们知道，中国古典诗歌对"自然"的展现，成就了中国文学的重要范式："山水诗"与"田园诗"。且自近现代以来，中国诗对自然景观的再现作为"中国对世界文学的一大贡献"备受世界文坛关注。那么，反对"旧诗"的新朝诗人为何会承续它？又是在何种维度上言说或利用"自然"的？

"自然"概念经历了复杂的演变过程，蔡英俊在山水诗研究中曾对中西文化传统中的"自然"概念进行过详查，认为中国古典文化传统中，指称森罗万象的天地事物的概念及其相对应的习语主要有"天下""四方""天地""万物""自然"等，关于空间的知觉想象大致是沿着这样的语义发展顺序而形成的：首先是政教合一论所解释的"天下"，再次是经过春秋战国时期在《易传》系统中形成的"天地"与"万物"，而后再到老庄思想所建构的"自然"。所谓"自然"，"往往意在指称一种'自己如此'的本性或过程，而非外在物质世界的整体"。相对而言，古典传统多是"以天地或万物的语词来称说我们当下所谓的自然世界"，我们以"自然"这一概念来探讨中国诗歌的问题时，"其实是经由近代西欧思想观念的转译而发展出来的主题与论述"，其中以王国维在20世纪初的译介最为关键。王国维在1902年翻译日本学者桑木严翼的《哲学概论》时，论及自然哲学问题说："自然者，由其狭义言之，则总称天地、山川、草木等有形的物质的之现象及物体也。其由广义言之，则包括世界全体，即谓一切实在外界之现象为认识之对象者也。"故而，今天我们所熟悉的"自然"一词的语义，可以是状词，也可以是名词。

王国维将"nature"翻译成中文的"自然"，可以说意义重大：就王国维个人来讲，"自然"一词成为其文学批评的基本概念；就影响来看，由于"nature"与"自然"在两种文化传统中的意涵是不对等的，翻译中有译者依据某种实践目的而注入的人为建构，"既然是历史的建构，它就不可避免会涉及某种知识/权力关系"；就当下研究界来看，"自然"的译介与使用引发了"一场战争"，一部分学者将它视为王国维从西方思想回归中国传统思想的表现，认为王国维的"自然"是中国古代自然观的延伸，一部分学者就西方思想影响的来源论争不止。王国维引发的自然之战虽是后话，却也有助于我们理解任、胡争论"自然的代表"的内在动机，它关涉的不仅是诗的问题也是人的问题。

"自然与人"的关系在中国文化传统中有着丰富的意义，表现在文学世界中有委身自然、静观自然、返归自然等主要几种，以在历史之变幻无常、万汇之森罗杂陈、生活之机械板滞中"获得一份宁静而又充满蓬勃生机的圆融之境"。台湾学者颜昆阳，根据中国古典诗歌所开显的"人与自然的关系"历程总结出了六种模态：（1）《诗经》时期的"应感模态"中，涉及对草木虫鱼鸟兽的描写多资取于现实生活域或即目于日常生活中的闻见，生活形态乃是"自然与人同在"。（2）"屈骚"所开显的"喻志模态"中，"自然"皆被虚化为隐喻或象征符码，自然与人的关系既对立又和谐——以人为中心,宇宙万物一切生命在都被规定为道德本质,"自然物象必须被纳入这个本质去理解,才能显现其存在意义,而包括人在内的万物,其生命存在意义的实现,则完全由于人之道德价值的自觉与践履"。萧驰则认为,屈、宋对山水神祇的缠绵诗情具现了上古时代自然与人之间"我—你"的关系和亲情。(3)《古诗十九首》及其后的抒情诗"缘情模态"中,人与自然的关系得到了全新诠释,"诗人们往往从自然时序的变化,去诠释生命存在的无常与有限,并由此追问永恒的可能性,或者放荡的可能性"。(4)魏晋时期的"玄思模态"中,自然乃是思辨或理感的对象,玄理思辨之上"衍生出祈祷'自然'的生命存在观","回归自然"成为魏晋士人普遍的祈祷,山水成为他们向往的存在境域,但由于玄理再现,主客物我未能交融如一。(5)六朝时期的"游观模态"中,包括山水、行旅、游记、登览诗,以谢灵运之作为范型。由情志传统转向写物传统,"自然"被置于"官能直觉域",成为一个主客间距的"游观"对象,而特别显现其声色之美,文本由"自然域"的游观经验,而导入"心理域"的悟道或明志,明显地直呈一个"理念自我"。从实践结果来看,自然与人的关系却显然"间距"颇大。(6)东晋时期的"兴会模态"中,以陶渊明为开端,至唐代山水、田园、闲游(闲行)诸类,所呈现的"自然"不是纯客体的自然,而是消解人为之情识造作出的虚静与空寂心灵之后,直观万物而朗显"物物各自其位"的"境像"。总而言之,从先秦到唐代,诗人们在不同的历史时期,带着理解存在意义的能动性,以"丰富的感应方式形成缤纷多元的自然诗史"。唐作为转折,由自然转向内心世界,"自然观基本上没有新的发展,只是在细部及通俗化过程中,'唐代倾向'表现得更加明朗、更加强烈罢了"。

进入20世纪之后,"自然"的意涵虽然发生了巨大变化,却仍是新文学重要的审美追求。据陈均考察,在新诗草创期,"自然"是一个相当热闹的话题:其一,成为关涉新、旧诗争夺的话语场,如任、胡的"自然的代表"之争,吴宓对"自然"词义的清理与解释,等等;其二,成为判断新诗创作之高下的一条准则,如郭沫若、宗白华、康白情、俞平伯以及湖畔诗人等的"写"与"做"之争;其三,从新诗的"自然"论出发,构建新、旧诗之间"自然"与"格律"的对立,如章太炎与曹聚仁、吴宓与康白情,以及李思纯、郁达夫、郭沫若等人的讨论。

特别有意味的是,新潮诗人与旧派诗人争夺"自然"的文学使用权,包括了两个方面:一是达到"自然而然"的状态,二是"耽逐物象之自然"。同时,又在人事方面表现出鄙薄"自然"的态度,因为近代中国到五四时期流行进化论,盛行"从自然到人为的思考方式",严复、梁启超、胡适、李大钊等人的论说影响甚大,虽有反对者与调和派,但新派人物处处区分"自然的"与"人为的"两者的对立:"'自然'是舒服的,是中国人的,而西方是人为的、矫揉的;'自然'是承袭现状的,'人为'是想改变现状的;'自然'的秩序是未经反思的,'人为'的秩序是理性建构的;'自然'的状态是梦寐的,'人为'的状态是觉悟的。而处在当时的中国,应该走'人为的'一路。"故而,新文化运动之初所讲的"自然"通常不是王国维所译的"(大)自然",而是指"不经反思、未经自觉、保持现状的,甚至是预定的、命定的生活状态"。

此对立意识让诚心接受新思想的新青年时常陷入矛盾之中。1920年,准备出国留学的傅斯年写过一首名为"自然"的诗,描绘了其时心态:"究竟我还是爱自然重呢?/或者爱人生?/他俩常在我心里战争,/弄得我常年不得安贴:/有时觉得后一个有理,/有时又觉得前一个更有滋味。……/人生啊!我的知识教我信你赖你!/自然啊!我的知识教我敬你远你!"傅斯年表达出了一种矛盾心理:一方面确实想否定传统历史文化,追求一种有所为、有目的的人生;另一方面,内心深处认同的仍是"自然",将它视为精神安顿的所在。二者的冲突导致了自我怀疑。随后,在另一篇文章《美感与人生》中,他强调"趣味"之于人的重要性,却又认为"趣味"会将一个人的事业、生命、信仰毁掉。两种相反的心思交战让他很苦痛,在写给蔡元培的信中说:"对待的两方面,同时在我心识界里各占地盘。一人心识,分成两片,非特本人大苦,而且容易成一种心理上的疾病。"有这种苦恼的不只是傅斯年,郭沫若也是一个类似典型。

如果说傅斯年是一类新青年的代表,稍晚几年的徐志摩则是另一类代表。徐志摩在1924年2月也发表了一首诗,题目就叫"自然与人生",将自然既"猛进、烈情"又"凝静、芳馨"的"变幻"本性视为"人生"之本性。徐志摩自称是自然的崇拜者,这一时期的他关心青年的生活问题。1924年秋季开学之际,应查良钊(时任北京师范大学教务长)之邀,徐志摩做了一次演讲,原因是学生的生活太苦闷,需要"一点活命的水"。稍后徐志摩写下《青年运动》,说在20世纪的文明之下,"人生从来没有受过现代这样普遍的诅咒",因为"真生命活泼的血液的循环,已经被文明的毒质瘀住",要想得到完全的再生,只能"回到自然的胎宫里去重新吸收一番滋养"。之后的徐志摩,"从理想到爱美,从爱美到自然崇拜"是顺序发展的，自然于他而言所具有的"无穷无尽的意义"成为愉悦灵魂与自由的所在，进而称赞自然是"最伟大的一部书"，是"无形迹的最高等教育"。由傅斯年、徐志摩等人，可见出新派人士对"自然"的主要态度：部分人倾向于维护自然的传统意涵，部分人倾向于利用自然的新义，根据需要也时常二者兼用，状词的自然与名词的自然时常混用。

二、从"自然"到"风景"：新诗审美主题的选择与主要表现

朱经农说在《新青年》上看到的白话诗，除了胡适的"不敢妄加反对外……他人的……有些念不下去了"，任鸿隽特意转述了这句话。除了胡适，主要就是刘半农、沈尹默了，那时胡适登高一呼，四方并未响应，从"民国五年七月，到民国六年九月……这一年中，白话诗的试验室里只有我一人……这两年来（指1918—1919年），北京有我的朋友沈尹默，刘半农，周豫才，周启明，傅斯年，俞平伯，康白情诸位，美国有陈衡哲女士，都努力作白话诗，白话诗的试验室里的试验家渐渐多起来了"。傅斯年、俞平伯与康白情，是北京大学的学生，被胡适视为朋友，与他们的新诗创作有莫大关系。俞在1918年3月开始写新诗，傅、康是在创办《新潮》（1919年）之后开始的。傅斯年的新诗不多，《深秋永定门城上晚景》被胡适称赞，选入当时的多种选本。1922年，俞出版诗集《冬夜》，康出版诗集《草儿》，得到了胡适、周作人、郑振铎等人的较高评价，也被闻一多与梁实秋批评。

以康白情来看，胡适极力夸赞，梁实秋严厉批评，二者的关注点都是"写景"。从当时的评论以及诗集的分类上来看，普遍采用的说法也是"写景"或"写景诗"，而不是"山水"或"田园"。在康、俞二人单行本诗集出版之前，1920年出版的两本新诗合集的编选就很有特点：上海新诗社编选《新诗集》时按题材分为写实、写景、写意、写情四种；许德邻编撰的《分类白话诗选》也分为写景、写实、写情、写意四种。可见"写景"确实是一种风气。

"写景"的关键不在于它是一类题材，而是它关系着知觉形态与审美意识在发生着变化。从研究视角上看，由"自然"而"山水"（或"田园"）到"风景"，"这些术语的转换在诗与文学的表现形式及其历史的发展上，也就各自对应着不同的认识与理解方式，更蕴含着人对于宇宙秩序、社会与道德秩序乃至于文学秩序等

观念所体现的不同价值"。日本学者柄谷行人曾将"风景的发明"视为日本现代文学的起源。

由"自然"到"风景"的思维过程,齐美尔在《风景的哲学》中做过深刻分析,他认为我们在一瞬间的视野范围内望见的自然,不是风景,充其量只是风景的素材而已,"风景的素材"要成为"风景",首先要从自然的统一感中分离出"一个独立的整体"并超越原来那个整体,"变成全新的特殊物象重新展现在众生面前,同时又吸收无限于自己不可突破的界限之中的时候,才产生风景",故"风景是我们的宇宙观最终形成的基础上产生的,当我们真正看到了风景,看到不再是各个自然物的总和时,我们就看到了一件正在形成的艺术品"。在现代性的观看中,"风景不单纯是一个自然的事物,它主要是人们用以满足自身基本欲望和社会需要的手段的产物。风景与其说是自然所提供的一种形式外表,不如说它更主要是文明继承和社会价值的体现"。或者用现在通行的说法,风景意味着认同与权力,前面说"自然"既是状词也是名词,"风景"则既是名词也是动词。

这一审美思维的形成,在新诗的风景书写中有着相对清晰的表现。新诗开端处"写景"主要有这样几种:状物写景、如画风景、生活图景、流动风景。这中间有一条隐秘的时间线,暗含着现代诗人风景意识的生发与演进,透过它或可蠡测些许隐秘:现代诗人在看风景的过程中是如何思考自己的身份、感觉与自然本身的?他们创造出的新譬喻、新形式、新的言说方式反映出了什么样的感觉结构?他们的风景意识显示着何样的审美意识,是否发现了风景的现代意义并做出了持续的革新?分别来看。

一是状物写景。1918年1月,《新青年》第四卷第一号首刊9首白话新诗:胡适4首,刘半农2首,沈尹默3首。其中胡适的《鸽子》、刘半农的《相隔一层纸》与沈尹默的《月夜》被视为新诗的早期代表作。很快,涌现出了一大批写自然物与景色的作品,如胡适的《一颗星儿》、周作人的《小河》、康白情的《窗外》《送客黄浦》、傅斯年的《深秋永定门城上晚景》、俞平伯的《春水桥》、周无的《过印度洋》等。这些作品多采用"具体的写法",内容与形式上尚做不到恰当的择选与组织,数年后朱自清评价道:"'具体的做法'不过用比喻说理,可还是缺少余香与回味的多。"随后茅盾重复了这一说法:"病在说尽,少回味。"

显然这类诗作在艺术上是不成熟的,不过仍能说明"写景"在现代性经验方面的启动。胡适的《鸽子》有五行,虽未彻底脱离传统的寓意系统,却也跳脱了诗歌传统中的飞鸟意象，是很重要的开启。沈尹默的《月夜》一诗有四行，题目无甚新意，最后一行却彻底"背离"了前面刻意营造的天人合一的境界，并将自我张扬出来。有学者认为，这样的作品既"凸显了现代汉诗所体现的新的美学典范，赋予自然景观以新的人文寓意"，也意味着传统书写模式开始失效，因为古诗中的天地、万物、自然等概念所形成的典范模式有着自明性寓意，而现代风景的认识或发现必须经由齐美尔所言的"特有的思维过程"。

二是如画风景。民国初期，旅游业开始了近代化进程，游记创作繁盛，《新青年》开设"世界说苑"栏目刊发大量海外游记，《少年中国》《每周评论》《晨报副镌》等报刊也时有此类作品的发表，中华书局在1920年出版《新游记汇刊》4册，1924年又出版《国外游记汇刊》28卷。胡适在评康白情的诗集时说，记游诗已成为近来的风气，他自己也写有《十月九夜在西山》《十一月二十四夜》等，周作人写过《山居杂诗》(7首)，沈兼士有《西风大作，温度陡降，桥边散步，写所见》《香山早起作，寄城里的朋友们》等，俞平伯有《冬夜之公园》《春水船》《忆游杂诗》等，朱自清有《纪游》《毁灭》等，直到20世纪30年代刘半农还写下《游香山纪事诗》(10首)。出色的并不多，各方评价的争议也很大。

以康白情为例。胡适认为，记游诗是康白情对中国文学史的最大贡献，因为中国旧诗最不适宜作记游诗，好的记游诗极少，康白情用新诗体来纪游是第一次大试验，且这试验可算是成功的了。梁实秋的批评很尖锐，他承认："写景是《草儿》的作者最擅长，天才所独到"，不过"就数量讲，完美的也并不多，只有《日观峰看浴日》《江南》《晚晴》三首值得读者特别的鉴赏。此外则不足论"。梁实秋虽承认这三首有写景的高妙，却也觉得这些诗作"受了情感薄弱的病"。废名在评论《草儿》的文章中接续了梁实秋的意见，当代诗人痖弦也赞同梁实秋的批评，不过他指出梁实秋忽略掉的几首好诗恰恰在当时很有影响。在近年来的研究中，人们对康白情写景诗的贡献有了新的认识。万冲以《日观峰看浴日》为考察中心，发现康白情除了依照有形稳固的时空框架观看风景，还能以一种"动的精神"观照风景，赋予风景以动感，而这种动的精神为风景注入了动态美，令风景进入了现代审美视野之内，以这种审美态度为基础，"如画的风景"便取代旧诗中的静穆平淡的山水而成为现代人自然审美的新形式，并充当了现代诗人发现和书写风景的前提和起点，"视觉转向"和"如画追求"正是早期写景诗歌的主要趋向，并成为当时衡量写景诗歌成败的重要标准。

三是生活图景。胡适将周作人的《小河》标举为新诗的第一首杰作,大家也一致赞同。周作人写白话诗主要集中在1919—1921年间,其中一部分也是写景,他突出的地方在于对"生活图景"的书写。《画家》一诗常被看作是代表性作品,据说在当时影响很大,"一时做新诗的人家都觉得有新的诗可写了,因为随处都有新的材料"。姜涛认为,这首诗除了具备胡适提出的好诗标准(明显逼人的影像)之外,显示出来一种新的书写可能(日常生活可以成为新风景),更关键的是最后一部分,"在扫描了种种'平凡的真实的印象'之后,一个观察者'我'出现了:面对平凡的生活风景,'我'却感觉无能为力,不能'将他明白地写出'",由此一个反思性的"内面"浮现出来,"风景"作为一个反思的、抒情的对象,位于"我"的观察之中,被"我"发现了。

从宽泛意义上讲,以陶渊明为典范的田园诗不乏"人境",亦有抒情主体的"观看"与"发现"。周作人将生活图景作为风景书写,是否开出"新"的自然或人境?普通甚至具有同质性的日常经验,在周作人这里,为何会成为一种重要的形式甚至是一个中心主题?《画家》中描摹了四处场景:小孩戏耍、田间耕种、胡同口的小贩卖菜、马路口的乞丐,类似于田园画面,不同的画面背后伏着一条隐约的田园时间——不同的生命场所或同一生命的不同阶段——生命本身就是可观赏的景象,而它们又"永久鲜明的留在心上"——属于诗人内在的抒情时间,田园时间与抒情时间的交叉产生出一种审美变形的效果,这样的观察方式也暗合了大自然的生长模式。同一时间的《两个扫雪的人》《背枪的人》《荆棘》《所见》《小孩》等诗都采用类似的取景方式。成仿吾在《诗的防御战》中批评道:"这不说是诗,只能说是所见,倒亏他知道了。"成仿吾有他的判断标准,只是他看不到周作人为何要执着于写"所见"。周作人的"所见"并非是随意扫描,而是一种主动性很强的感觉形式,可以说是"他者伦理"的体现,其现代性意识在于审视世界的同时及时地回视自身,而日常经验进入书写意味着及时性的在场。

四是流动风景。流动的风景主要指此阶段新兴的一种与火车有关的行旅诗,不同于前面说的记游诗,乘火车出行使人获得一种"超日常的经验",随着"在路上的体验"的变化,"在路上的风景"也就被发现或生产了,现代性审美经验与情感结构也由此复杂起来。下文略作分析。

三、在"框架"与"流动"之中：现代审美经验与情感结构的演进

自黄遵宪在《今别离》中将火车、轮船、电报、照相等新事物写入诗中，小说、画报亦有对新事物的多种表现，到现代时期乘火车出行的经历或见闻是常见的书写内容，新诗中比较典型的文本主要有：刘半农《晓》、王统照《初冬京奉道中》、周作人《京奉车中》《在济南道中》(3篇)、朱自清《沪杭道中》、康白情《车行郊外》《雪夜过泰安》、郭沫若《沪杭车上》、刘大白《车中的一瞥》《车中人语》、俞平伯《北归杂诗》、郑振铎《追寄秋白、颂华、仲武》《厌憎》、李金发《里昂车中》、徐志摩《沪杭车中》等。

现代诗人热衷于将观察的立足点选定在火车上，这是一个有趣的现象。晚清时期，"铁路／火车"形象（抑或"铁路火车"）是与殖民侵略相关的，李鸿章最初强烈阻止西方列强在我国修建铁路，1896年周游欧美各国亲眼所见铁路交通的好处后便提出"急造铁路，不容稍缓"，到孙中山则是兴起了铁路救国的梦想，1912年提出"交通为实业之母，铁道为交通之母"的论断，将"铁路"与"国家"放置在一个成正比的关系式中。此间，"举凡我国社会的转变，思想的醒觉，经济的发展，以及政治的演进，国运的隆替，在在与铁路问题有关"。表现在文学中，火车作为一种交通工具，其流动性技术克服了远距离出行的问题，其速度则革新了乘坐者的情感、经验与隐秘的心灵情结，视角在流动、内容在变换以及客体的距离使人获得一种"超日常的经验"。

首先，是"全景认知"的出现。"全景认知"（panoramic perception）是沃尔夫冈·契凡尔布什提出的概念，意思是说与传统感知方式形成对照，现代火车类似于一个可以穿越世界的机械装置，被动静止的乘客在高速移动的火车装置中，他们与所看到的事物是对立的，因为随着空间的移动，前景在不断地消失，只剩下远景，而远景也很快地飞散，就像瞬息万变的蒙太奇影像，于是乘客也只能被动地陷身于"一幅一览无余又看不清细节的全景画卷之中"，风景既然变成了"没有细节的画面"，那么"同质性的空间"就可以成形了。此阶段的流动风景书写中，现代审美中介的选择多以"车窗"作为观看的起点与抒情的框架，刘半农、王统照、刘大白、朱自清、俞平伯等人的火车行旅诗中皆有这种倾向，比如，王统照这样写："推窗四望——／但见坠落的枯叶，铺满了大地"；刘大白也这样写："针

对着我的一扇车窗，/玻璃上有几道皱痕。/火车开着，车窗摇着，/一闪一闪地把窗外的自然，移成影"。火车的车窗，不同于诗歌传统中的窗牖，它是一种流动的框架，框定出来的物象是在不断变化的。我们自然不能简单地猜想现代诗人仍在迷恋凭窗观景、临窗听雨、倚窗寄傲、高卧南窗等诸般有窗的情趣，但显然他们会将"车窗"作为一个启动按钮，所见被纳入一个审美化的视窗之中，于是现代审美经验"动的一瞬"便产生了，平常所见的"云、水、城、屋"便"都不是平常形景"了，因为火车把"窗外的自然，移成影"了。

不过，我们要承认这一现代性认知是前奏性的，现代诗人乘坐火车出行，确实体验到了一种新颖的"动"的经验，而要描述这新经验时，多半选择的是熟悉的乡土世界。不管是沪杭线、沪宁线上的秀美田园，还是京奉线上的萧条大地，都是季节性的自然景象，通常沿着这样一种链条推进：自然景象→家乡→家园→国家/民族。当他们单纯地观看作为家乡的自然世界时，所见风景便是渴念、依恋与可栖息的场所，而一旦回视自身则必须主动割舍某些亲切经验。俞平伯的《北归杂诗》是一个充分的例子。

其次，是现代情感的悖论生成。火车作为现代科技的制造物，必然会成为富国强民的象征物，也必然会延展为对于"另一世界"的美好想象。1920年3月，郭沫若曾长篇大段地描绘过乘坐火车引发的激情："今天天气甚好，火车在青翠的田畴中急行，好像个勇猛忧毅的少年向着希望弥漫的前途努力奋迈的一般。飞！飞！一切青翠的生命灿烂的光波在我们眼前飞舞。飞！飞！飞！我的'自我'融化在这个磅礴雄浑的 Rhythm 中去了！"如果郭沫若想要构建宏大的历史叙事，那么火车就是一个特别合适的宏大象征物，其速度、体积与动的力量可将民族愿景、个人抱负、文化想象、时代方向等一切想要的符码都融合进来。郑振铎则是将车轮去往的地方想象为"红光"的世界，而"滞留者"所在的唯有"黑暗"与"陈旧"。

一旦环顾置身的车厢世界，情感则会是另一种状态。周作人的《京奉车中》、郑振铎的《厌憎》、郭沫若的《沪杭车上》等诗表现出近似的内容：启蒙渴望中的情感危机。他们看到了一同乘火车的"兵丁"或"同胞"的"可憎"言行，并在观看他者的同时审视自我，警觉到"自己"虽有认识，亦有改变的意识，却难以克服情感上的"厌憎"。需要注意的是，他们看到的车厢社会固然可以是"对现实的投射或对社会生活的某种反映"，但车厢并非是一面完全透明无瑕的镜子，恰恰相反，车厢是一个局部空间，它无法提供任何一位乘客的全部信息，一个人对另一个人的辨识是基于"陌生人"的想象原则，仅仅依据局部所见便生出了"厌憎"，某种程度上可以说，他们的启蒙理想与现实感受要相容是很有难度的。理所当然的，车厢也会成为现代人内心欲望的冒险之所。在法国留学的李金发写出了《里昂车中》一诗，截然不同于周、郑、郭等人的"醒之痛"，他乐意享受着现代世界所提供的"新的丰富"，写细弱车灯中梦影一般的女人，瞬间涌起的迷与爱，浮动着的欲与醉，将所见、感觉、联想等多层次的通感交叠在一起，"展示了一幅现代感极强的画面"以及从中感受到的"现代性的缺失"。几年后，刘呐鸥用一篇《风景》完成了现代爱欲书写，以此来说明"现代人的精神是饥饿着的速度、行动与冲动的"。火车终于开进了城市，现代都市作为风景得以大量书写，相应地到了20世纪30年代，以施蛰存、徐迟、郁琪等人为代表的诗人开始"礼赞"现代都市风景了。

再次，是现代经验的审美可能。徐志摩可作为代表诗人，1922年他为了追爱，从英国追到北京，但天不造美，只能在北京饮恨抑郁，于次年开始干事业，支持蔡元培，组织新月社，写诗作文，翻译，授课讲学。9月底他与胡适、陶行知等人去浙江海宁观潮，后去杭州、上海、常州等地游玩会友，在10月30日与胡适一同从杭州去上海，途中作诗《沪杭道中》："匆匆匆！催催催！／一卷烟，一片山，几点云影，／一道水，一条桥，一支橹声，／一林松，一丛竹，红叶纷纷：／／艳色的田野，艳色的秋景，／梦境似的分明，模糊，消隐，——／催催催！是车轮还是光阴？／催老了秋容，催老了人生！"

徐志摩选择的风景仍然包含着传统审美的取向，却不再执念于乡愁或启蒙或理想，而是从移动的风景与滚动的车轮中联想到人生的实质。用车轮喻人生，今天是陈旧了，然而，1923年的他能在短短的八行中将火车的声、色、光、影与时间、人生精准地关联起来，光阴被具象化，空间被时间化，距离被梦境化，时间又被喻义化，所见一切都有声色形，所见的一切又都在走着流程：一秒钟之前分明清晰，一秒钟之后模糊遥远，瞬间便是消隐不见，如同我们所追求的爱与理想、所经验的忧伤与欢娱，总会飞散。这首诗表明了徐志摩具有杰出的类比能力，某种程度上也说明了"火车的现代速度与山水的传统审美"是"可以相容的"。写过《沪杭道中》之后，徐志摩甚少以诗的形式再直接写火车经验，直到生命的最后两年，奔波于上海、南京、北平之间，又写下《车眺》《车上》《在车中》《火车擒住轨》等诗，已无震惊体验，多的是与个体相关的喻义对应。

　　由以上分析可见，早期的流动风景中虽目标各异，却有着普遍的相似之处，如张桃洲所发现的，诗里所描写的景象都来自诗人旅途中的观察，坐火车出行让诗人有机会领略外界大自然与周遭的现实，并以诗人的眼光打量所见的景物和世象。这些不尽相同的诗篇体现了中国新诗的某种品态：通过诗歌的形式陈述自己对世界的观察，作为观察者的外在之"我"在诗歌中的确立是中国新诗"现代性"特征显现的标志之一。

　　到了20世纪30年代，对于许多诗人来说，早先乘火车体验到的"流动经验"已成为一种常识经验，相应的"火车风景"也逐渐淡出。全面抗战爆发后，许多人（自然也包括诗人）向西南腹地迁徙，不管是避祸还是谋生，皆步入一种前所未有的新经验之中，由此又开辟出新的写景内容。而这，是另一种内容了。

［选自《首都师范大学学报（社会科学版）》2022年第2期］

季度观察

奥秘之眼、不可化约之物与自我的锚定
——2022年夏季诗坛观察
/ 钱文亮　黄艺兰

随着世纪引擎的轰鸣与加速，世界愈来愈像一个巨大的站台，人与物在其中不断聚散流动、碰撞交错。更多的诗人不得不回返内在，以奥秘之眼透视当代中国内在的精神脉络，在工业与自然、快与慢等富有张力的话语场中构建新的多元时空秩序，完成对存在困境的诗意突围。

一

21世纪堪称加速的世纪，不断提速的现代交通工具创造了时间与空间上的双重神话。一百年前，徐志摩在其名作《沪杭车中》，用"匆匆匆！催催催！"这样极富声音效果和情绪感受的诗句来形容乘坐火车的现代性体验。现如今，行驶于铁轨上的火车逐渐被地铁、高铁和动车等"变体"取代，一种新近发展出来的速度趣味随之而来，并呈现出几何式的锋利和紧张："高铁列车疾驰 / 来来回回，像一张弓 / 锯在紧绷的弦上"（张常美《高铁》），"列车在一个巨大的边缘切割滑动 // 从铁中蓄积的加速度 / 有着锋利的刀口"（思不群《几何练习》），在雨中穿行的动车犹如"湿漉漉的穿越真理的'一'"（马叙《动车穿过雨幕》）……当下的诗人多未选择继续摹写现代时间对人的"催促"或福柯式的眩晕感，反而更侧重于表现高速位移所带来的新异张力与专注的精神力量。无论是"弓弦"，还是"刀口"，抑或是"一"，都几何化或者说是矢量化的喻体，将我们的出行体验提炼为电子像素在网络网格中的高速漂移，极富现代感。

不过，当现代技术所带来的"加速"体验刷新我们的感知时，另一批诗人却选择主动放慢自己，以"缓慢"的修辞作为审美的抵抗。吴少东在其组诗《缓慢的力量》中阐释了何为"缓慢的力量"："不是冷漠、冷视，也不是／冷静，相反，我的中年／愈发温暖而激越"（《何为》）。在诗人看来，"缓慢"并不等于对世界保持静观与冷漠的态度，而是一种明亮却不刺眼的光辉、一种成熟而厚重的音响。诗人对承载着亲情记忆的故乡鸟巢、如将军般饱含力量的石榴树、停车场尽头一棵栾树的四季生长等日常事物一一予以缓慢的凝视，在平常如话的叙述中饱含激情。郁葱同样在其组诗《俗生记》中，选择在最为平凡朴实的日常生活中打磨并清理自己，表达节制而富于张力。不难看出，"缓慢"的书写往往与一种日常态度挂钩，齐冬平的《折叠的时光》、安文的《请慢些》、辛泊平的《我长久地关注一个事物》等诗，皆是以缓慢移动的诗歌触角体察"人世间"的细节，探索精神褶皱深处的幽暗区域。正如幽燕在《延时拍摄》一诗中提醒我们的那样，"延时拍摄"功能仅仅是制造了让时间变慢的感知错觉，却无法真正改变时间的长度，"缓慢"作为一种修辞所要抵抗的并非物理意义上的时间危机，而是以细腻的感知来增加我们的生命纵深。

当中国从"土的世界"逐渐进入"铁的世界"，"传统的格局，会在工业转型的轮毂里蝶变"（林隐君《冶金时代》）。然而，当蒸汽机的速度和发动机的声音理所当然地成为工业时代的符号特征时，我们似乎总是不可避免地在强化"土"与"铁"之间的区隔与分野，落入生产效率的神话或所谓"现代化"的圈套。如果说现代化工业所带来的速度与力量之美是一种美，那么中国传统农业所强调的深耕细作，以及与自然的亲密联系，其实也并不与构建新世界的想象相悖。本季度一批涉及工业题材的诗歌正是企图在"工业"和"自然"之间建立起巧妙的联系，呈现出对传统和自然的复归面向。早年亲历车间生活的诗人郑小琼近年开始避免在诗歌中直接处理工业意象，而是尝试协调工业名词和自然意象之间的某种平衡。在其组诗《俗世与孤灯》中，诗歌主体在"星"与"月"的指引之下，以深情的目光逐一凝视花朵、栎树林和海湾等自然风景，在诗歌主体与广阔自然之间建立了指引性的关联。而"工业园区"这一意象延宕至组诗末尾才加入诗歌的关联场域中来，且是以"废弃""荒芜"这样隐微的面目出现，以丝绸般的细腻"延伸了暮色中木材厂女工的憧憬"。在这里，"工厂"不再以坚固、庞大、冰冷的面目出现在文本中，而是隐退至诗歌边缘作为"后景"存在，转而将诗歌主体也即女性劳动者的细腻情感推至"前景",形成一种富有张力的倒错。诗歌发掘她们的孤独与喜悦,塑造女性劳动者独特的生命姿态。其中的悲悯和担当体现了诗歌的伦理关怀,发挥了诗歌对现实的介入功能。这也未尝不是另一种"缓慢"的修辞,正如郑小琼自己在采访中所说的那样,她近期的诗歌写作正是在尝试"用一种缓慢的诗歌来保持对复杂世界的感知"。王彦明的《采铜》一诗同样呈现出工业与自然的辩证思考,"采"这一动词成为此诗的关键,诗人以其奥秘之眼"采掘"出城市中密不透风的水泥森林的源头,"于无声处听惊雷",使这座冰冷无情的"水泥之城"以鲜活的面貌复活,并从中提炼出自然的石头、风雨、河流、叶片,乃至起伏不定的呼吸。而这种富于自然气息的"活着的结构",同样可以成为激活我们已经麻木了的感知力的钥匙。于是,诗人欣喜地看到"从预言里/伸出了一只妙手"。这种打破"工业"与"自然"之间区隔的尝试让我们得以与工业大生产神话建立一种批判性的思考,既缓解了我们追赶遥不可及的"现代性"的焦虑,且具有一种打通"土的世界"与"铁的世界"之间壁垒的可能。

与这种细腻和缓慢相适配的,是本季度诗歌对民工艺术家、手工业者等"小人物"形象的聚焦。邓红琼的《农民工诗人》一诗关注在微信平台上创作诗歌的农民工,通过描述他获得诗意、打字创作、发送的平淡瞬间,探察出他身体内部"吐出的火舌","将尘世的虚伪与困顿/一一戳穿"。而张瑞瑞的《普工》一诗同样描写了一位"热衷劳动而勤勉写作的普工",发现诗歌创作成为他得以"暂时脱离生活赋予的沉重的钢铁外衣"的契机。这些诗歌在两种向度上同时打破了人们对民工和诗歌创作的刻板印象,看似与诗歌毫无关系的群体其实有着自己丰富的精神世界,而诗歌创作也并非仅属于象牙塔的"特权行为"。事实上,近年来博客、微博,尤其是微信朋友圈等社交平台上出现的微型即时创作,已经给予每一个人做自己的"果壳之王"的机会。百年前倡导的新诗平民化、大众化,到如今正在变为现实,写诗读诗已经成为平凡人生活的一部分,而教育的大众化、普及化,诗歌写作与传播的网络化、自媒体化,则是成就这种现实的"硬实力"。在王彻之《弹吉他的人》一诗中,与吉他合为一体的街头卖唱者,似乎是以自己的骨骼为琴弦,金属共鸣的声响在血管里奔涌不息,表达了艺术属于平凡大众的领悟。其他一些诗歌则聚焦于城市中普通且平凡的"打工人",发现他们独特的性灵之美。聂权在《蝴蝶结》一诗中,注意到了一位肥胖、贫穷的女清洁工,她在自己的扫把柄上扎了一个蝴蝶结,来装饰自己的劳动工具。张二棍的《楚汉》一诗以严肃的笔调描述一场宏大且严酷的战争，直至诗歌末尾，读者才发现诗人是在根据修自行车和配钥匙摊位旁边闲置着的一盘残局展开幻想，令人不由得发出会心的笑意。无论是扫把柄上的绸缎蝴蝶结，还是小摊、小商铺门外摆放着的一盘象棋残局，都是我们在日常生活中经常遇见的情境，却很少有人将其作为诗歌题材来进行书写，但这恰恰是我们城市坚硬外壳下最柔软鲜活的脉动。其他如吕周杭的《南岭记》书写车间实习经历，王政全的《铁轨上》写矿工，《小镇帖》写铁匠师傅、服装店的老板娘、茶室中的牌友，辛泊平写《送水女工》，张常美有《隐居者》《救火者》《歌唱者》《奇迹继承者》，狄芦有《泊宁公寓楼下的王春霞诊所》等，都可以纳入此类书写。这批诗歌所关注的正是历史长河中最微小的事物，以及心灵的阴影和侧影，具有"民间史"的性质。

另一些诗歌则致力于发掘劳动行为中各个层面的美的体验，有意呈现别样的"劳动的美学"。二缘的《我更在意的，是老榨坊里的响动》一诗从听觉的角度切入故乡的老榨坊，将榨油工的喊声、石头与木头的撞击声等合成为一首动人心魄的交响乐章，编织富于听觉体验的灵动空间，创造了劳动的声音美学。牛冲的《水果摊》将诗歌的目光聚焦于角落里水果摊主处理水果时重复且精妙的手势，将日常的重复性劳动审美化。江非的《弹棉花》以生活和亲情的柔软，赋予了弹棉花这一动作和棉花工坊这一空间以独特的白色美学。杨声广的《银匠》和黑马的《巷道爆破工》同样书写了工人或手工业者娴熟的技艺和力的美学。王江平在其《雨的耳朵，与铁器》一诗中，以其奥秘之眼潜入古人的日常生活，"雨，窸窸窣窣，牵引着另一片雨"一句，风吹急雨层层叠叠的雨浪，紧接着是沉默，然后铁匠铺锤击铁器的"坚硬的声音"平地而起，听觉与令人震惊的画面感彼此连接。通过对一个小小的铁匠铺进行全方位的细致书写，展现出了打铁匠的精湛技艺。与单纯给予劳动者同情所不同的是，这批诗歌通过对"劳动技艺"的审美化书写，在人民劳动的"工作"和艺术家或知识分子的"创作"这两个看似不相干的行为之间建立起了联系，令人不免想起爱尔兰诗人谢默斯·希尼在其成名作《挖掘》一诗中将祖父、父亲在地里挖泥炭与自己用笔去挖掘诗意做的类比。

二

伴随着时代的加速，人们如同高速无序的粒子运动般在城乡之间进行无根的漂泊与漫游，"流动性"日益成为我们现代生活的切身体验。卢卫平在《墙角的落叶》一诗中，由墙壁上不同种类树叶的分散、聚合和摆动，联想到乡村老人的子女在武汉、深圳、东莞等城市的迁徙和流动，又在其《漂泊》一诗中，以平淡语气说出"进城四十年后／返乡成了无处落脚的／漂泊"这样的诗句。在"流动性"更新我们知觉体验的同时，也在一定程度上引发了有关"何为自我"的困境。如何在一个变居不定的现代世界中确认自己的身份，成为我们亟须面对并解决的问题。本季度诗人们的可贵之处正在于，他们不仅单纯提出了"身份"之问，更从各自的经验出发，向我们展示了处理个人身份危机的不同方式。

颜久念在《另一个故乡》一诗中写道："我的身份是一张平均主义的卡片／机械之芯，塞满被雇佣者的记忆"。在这里，"我"作为诗歌主体不再是坚实肯定的岛屿，而是一项被不断强占、发动、甩掉、抓住、整合、分解，周而复始的荒唐工程。"机械之芯"等修辞的出现提醒着我们，随着"数字游民"等新兴"现代游牧民族"群体的不断壮大，现如今的"流动"已不再仅仅是地理空间意义上的流动和迁徙，更是电子的流动、二维码的流动和虚拟世界的流动。当记忆被机械和理性所占领时，诗人选择向古希腊回眸，哀悼维吉尔牧歌时代的逝去，以此作为一种处理自我身份的策略。何为"身份"的追问同样构成杨犁民本季度诗歌的内在动力，《爱我的人，都是把我用旧的人》一诗中对自然身体和社会身份有所辨析，《身体》和《重逢》则表达了存在的自觉和身份的焦虑与深刻的孤独感。他在《身份》一诗中这样提出了有关"我"的悖论："当我在人群中说出'我'的时候，我已经不是'我'了。"而在他看来，人之所以为人的意义在于"你不会成功，但也不会停止尝试滚动"。正如西西弗一次次推石头，石头又滚下一样，"不断滚动"反而转化为一种积极的抵抗。巫昂在《过时的想象》一诗中，对"你"这一无定指的主体进行想象与描摹，创造出一个特例的、在反光中不断增殖投射的"你"。另一首《和你说话的时候》同样涉及了身份言说的细微与困境，将人与人交流时彼此声音轨道的糅合与拆解，转译为海与风的辩证法，而这正是原子社会中"浮动"（floating）的群体的特征之一。

面对身份的困境，另一批诗人尝试在诗歌中构建某种可以仰赖之"物"，以"物"来锚定自身在变化不定的现代世界中的坐标，探索"物"的诗歌哲学。秦立彦的组诗中，《维持》一诗回应了古老的哲学命题"忒修斯之船悖论"，也即当一艘船被更换了部分或全部零部件后，是否依然是原来的那艘船？当我们的头发、皮肤、手指、颅骨和五官比例都保持着与出生时大体相同的模样,"灵魂"这一"由许多碎片组成的没有形状之物"却时刻在脱落、修补、转化形态,分散又弥合。随即诗人又创造出"缓慢之物""无法释怀之物"等无法溶解的不可化约之物,来回应这一有关身份更替的悖论,以富于"惰性"的"物"来对抗身份言说的混乱。与之相似的,唐镇的《顽石》将石头隐喻为嵌入身体并帮助自我确定身份的一部分;赵茂宇《石头记》中的诗歌主体致力于不断搬运"石头"回家,并堆向高空,讲述了一个巴别塔式的寓言故事;张常美的《石头》则对斜坡上的一群石头予以凝视,书写这些石块安于被埋没、被磨平棱角然而又固执于向外界张望的个性。这批或许可以称为"石头诗"的诗歌,令人想起巴西诗人特鲁蒙德放置在路中间的那块石头(《在路中间》),然而却有着不同的意味:石头属于自然,也可以属于工业,是一个看似惰性固定但又可以随意嵌入任何地方,并提醒你异样感的普遍性和异质性存在,它在以密度极大的意象来对抗漂浮感的同时,又成为一种秘而不发的隐喻。而甜河的"鹦鹉螺"亦可视为"石头"的一种变体,"重重地骤合"的"螺壳"使非理性的情感时间取代了清晰理性的线性时间,既令人联想到卞之琳的《白螺壳》,又呼应了德勒兹丰富细腻的"褶皱空间"(foldingspace)。此外,这种"石头"也可以是记忆中的"石头",也即诗人为自己锚定的记忆坐标。在古马的《津门之忆:一座立交桥》中,旧地风物成为凝固在记忆之海中的礁石,让诗人得以时时返回自身。《万古愁》《无常》《东流去》《天际流》《长江口》等诗则以"长江口"为中心意象,声音、历史与自然交织,并涂抹以生命的质感,既是对故乡的思念,也是对身份的问询。正如代薇在《私人史》一诗中所提出的那样,"用个体记忆对抗集体无意识"是一种策略,通过把捉在记忆中游荡的私人之"物",如某件衣服上掉落下来的纽扣、遗忘在口袋里的半截电影院的票根等看似琐细而毫无价值的线索,串联起一幅闪烁不定的点状记忆地图,帮助我们找回被遗忘的生命。

  如果说"石头"等具体的"物"是相对比较稳定的存在,那么始终与人如影随形但又捉摸不定的"影子"则是吊诡的悖论形式存在,它以不断变化的不变姿态为诗人们提供了生命的支点。在举人家的书童的组诗《风再大,也吹不走影子》中,"影子"是"悬念"的聚集地,是生命中所有不确定事物的集合体,同样也是自身经验深处的某种不可化约之物,但正是这种看似缥缈的影子,是再大的风也无法将其吹走的存在,在我们身后时时提醒自己保持灵魂的警惕状态。而思不群的《站在自己的影子里》，则尝试去抓住"影子"，抓住那个在不断逃逸、改变、躲闪的空隙，恰好站在自己的影子里的片刻。这一不偏不倚的奇点性时刻，具有成为对抗现代性眩晕的巨大潜能。赵剑锋将皮影戏的观看体验抽象为"影"与"影"的交锋，当它们迅速重叠而又转瞬分离时，"影子"亦成为每个观看者隐秘的内在自我（《皮影戏》）。刘棉朵的《烟雾和灰烬》一诗则是将"诗歌"视为一只如多宝盒般的"骨灰瓮"，借以保留住我们生命中象征着美、幸福、绝望与痛苦的"低喃、咕哝、烟雾和灰烬"。这些诗歌中的"影子""烟雾""灰烬"等皆是神秘缥缈之物，但又同时包含着某种超稳态结构，提供了使"我"之为"我"的关键性证供，恰恰呼应了海男的诗句"语言无法到达的地方，黑暗可以抵达"（《隐喻正在浪尖上游离》）。

"树"作为古老而又传统的文学意象，被法国历史学家科尔班追认为"人类亘古的激情之源"，杰出的诗论家一行也曾对中国当代诗歌中的"树"意象进行过多种维度的文化考察，并提出了"'树'的诗学"。本季度不少的诗歌借助于"树"来思考自我，在自我与自然之间建立起多层次、多维度的联系。陈先发的《湖滨柳》和《岁聿其逝》以目光凝视"柳树"，观察到"一棵柳树／陷在数不清的柳树之中"，"语言甚至无法将／杨柳的碧绿／从被无数树种滥用的碧绿中，分离出来"，由此引发有关个别和普遍的辩证思考，一种智性的激情内蕴其中。木叶则在《西风中，附近的银杏……》一诗里想象了在风中呼唤彼此的银杏树叶，是如何"在同一中费力辨认／各自有限的不同"。在这两首诗歌中，诗人都发掘了"树"与"树叶"天然的"一与多"的辩证特质，以此思考自我与存在的命题。宇轩的《旧木》一诗则另取视角，将惯常集中于充满生机的绿树的目光，转移至"残缺，破旧，无用"、如同顽石一般的"旧木"身上，书写他与这棵超验的"自我之树"的关联。

除了以思辨的目光"观看"树木，另一批诗人还选择"聆听"树木的声音，并尝试与之对话。舒丹丹的《树木怎样交谈》一诗描绘了树与树之间的语言，弓车则在其组诗《树叶上，树荫下》中，从九个侧面入手与树对话，甚至与树恋爱，发掘看似静止不动的树木内里的流动性。方楠的诗歌形塑了自然声音的流动性，"声音：一点点地、暴力地膨胀，又温柔地／延伸……和流动的空气交融，碰撞／吸收周围的黑暗与光亮／又忽然地离开——"一连串的感官信息有如涌动不止的烟雾，既是在抵制我们平时早已习惯了的线性进行的阅读，也打破了声音和空间之间的刻板联结。蔡天新的组诗《自然之声》将自然声音与杜甫、甘德、李白、柳亚子等诗人的声音相互融合，形成复调并彼此对话，贯之以诗歌主体行旅者的洒脱姿态。

另一部分诗人则选择在写作中，以身体的"移动"去贴近树木，从而获得一种对自然的肉身性感知。赵雪松的《在树林里》花费大量笔墨描写"长时间在树林里行走"这一行为，或者说是一种一路行走一路观看的运动状态，而诗人的身体正是在运动状态中与静态的植物之间取得灵性的关联。叶德庆的《我爱上河谷中萤火虫散步式的生活》一诗则着重描写自己的"多余"状态，却有别于传统的"零余人"形象，而是以"散步式"的写意状态邀请读者一起进入时空漫游，发现"交叉小径的花园"中迂回交叉的线索——随着隐蔽的小路走入普林斯顿树林，穿越网络本身去寻找人物和事件的联系。此刻，在树林中保持行走状态的"行人"被抽离为纯粹的符号，它会合了诗人对自我精神情形的全部体认，同时也积聚成一个象征美学图式，指涉着写作者身心俱在路上的"漫游"情态。此外，孟冲之在对"野草"的静观中接近自身（《致沟边草》），张二棍则在砖瓦间的"低等植物"中发现了"喧嚣的卑微"和"奔波的苟且"（《苔藓》），夏水的《为何落叶如初》一诗更是将时代的主题编织入树木的纹理，使自我的诗性感怀与时代现象的思考融为一体。这些写作，都从自己的经验和逻辑出发，丰富了诗歌对"树"意象的书写，在扩大了"树"原有的作为审美对象可能性的同时，也为我们提供了一种新的观察时代以及感受自我的方式。

三

五月是青年的节日，诸多诗歌杂志和公众号都推出了五四专题，欲以诗歌为灯塔，照亮当代青年诗人的新面貌。其中多首诗歌皆有可圈可点之处，前文已略有论及。除此之外，值得我们注意的还有一批以观画体验为基础的"新风景诗"的出现。这类诗歌以对于西方绘画艺术中风景的描述，或是自身的观画体验作为述景策略，建构新的诗歌风景，上一季度朱朱的《霍珀》系列诗等便可视为一个典型的例子。美国现实主义画家安德鲁·怀斯（Andrew Wyeth）的绘画充满诗意，因此不仅王沂东、艾轩、何多苓等艺术家对其着迷，许多当代诗人都对其情有独钟。康雪选择进入画家怀斯晚年时创作的一幅画，却并非是静态的凝固画面，诗歌标题"当怀斯的手在阴影中移动"暗示我们这是一场有关光影的动态绘画过程。他以敏锐的感触、精致的写实技巧,捕捉视觉的一瞬。怀斯创造一种属于个人的主观艺术,以一种连续而持久的个人主义,应付这个毫不稳定和全无把握的现实生活。房间的空无和细腻的阴影展现出画家"纯洁的克制"的同时,诗歌语言也是细腻、精微、克制的。而诗歌中所流露出的克制与感伤的情绪,也与怀斯的画作异曲同工。任白则选择将观画体验与生活体验联结,其《晚饭时想起怀斯》一诗从当下的现实场景出发,放任自己被某种神秘的情绪牵引,从某一诗行到另一诗行,犹如从前景到远方,通过不断捕捉稍纵即逝的光影效果,建构起怀斯画作中那般"局促而又丰盈的宇宙"。其实打破诗画壁垒的尝试在中国古典诗论中并非没有先例可循,但是这批诗歌中"画"的范围已经不再局限于传统的山水绘画,而是延伸至世界各地的艺术创作,乃至电子游戏世界中的风景,使得诗与画的关系展现出各种新的可能。电子游戏时代的抒情诗人王子瓜的《入图》一诗,以"观游戏《我的世界》中复刻《清明上河图》有感"为副标题,从观看"国家建筑师"团队在电子游戏中所复刻的《清明上河图》获得灵感,凭借游动着的电子之眼潜入从未存在过的"故乡",将汉堡和梁祝、矿泉水和二胡、蜘蛛侠和石壕吏等古今意象并置,使其捉对厮杀,处处散发着机敏的光芒。诗人将电子游戏和传统绘画以一种不易觉察的方式融合在一起,不仅模糊了虚拟与现实、古代与现代之间的界限,更拓展了"观画"这一传统行为所习惯的疆域。祁照雨的《绿萝》则是全然根据白墙上的绿色植物展开幻想,各种写意画面逐一浮现,文字与图像二者之间互相牵动,诗句追随眼睛的巡梭不断游动,在动态模式中营造出"参差多态的景色"。

除了"观画"以外,"观剧"体验也进入了这一季度的诗歌创作。黄希婵在《飞向月亮的剧作家》和《一头鲸搁浅以后》两首诗中构建了私人剧场,如一位经验丰富的导演般精准把控诗歌的结构与节奏、画面和声音。朱登麟在《剧场》一诗中上演了一出有关自我的戏剧,在诗人精心构建起来的私人剧场中,一切都已被安排,诗歌中游移不定的奥秘之眼从观众席、舞台、暗处等多角度对自我进行"观看",将个人的情感危机与剧场舞台融为一体,暴露出自我暧昧且复杂的多重性。刘义为我们上演了一出由"蜘蛛"担任领衔主演的戏剧,他注目于在合金框架内结网的蜘蛛,横行、竖爬、旋转,看似是传统的对"微小事物"予以关注的诗歌,但其实是以其为构建空间的中心,蜘蛛结网的娴熟技艺既与诗歌写作的过程形成精妙的互文,同时也是对时代的投影(《蜘蛛》)。此外还有诗人甜河，擅长运用精准、敏锐或反讽俏皮的意象，通过一种在两极之间不断的错综复杂的力量转换，给她的读者带来精神震荡。张雪萌的诗歌创作则呈现出强烈的主观敏感性，通过抓住一些个人的意味深长的经历的瞬间，展现对世界的独特理解。张朗的诗歌擅以精准的修辞传递时代情绪，丁鹏则以表象的狂欢和神话的戏仿取代对本质的追寻，不断冲刷所谓诗歌主体的地基，赋予诗歌无限的流动性。

"青年"是对一种状态而非年龄的描述。王辰龙诗歌中的"野泳者"即便已是"晚年"，也依然坚持在一次次地潜入水下又浮出水面的"换气"时刻睁开双眼，"他看水心的混沌灿若新青年"（《野泳者》）。这种不断更新自我，不断重获直面难题、突破困境的勇气，别有一番意味。

概览本季度国内诗坛的作品，以上三条或许是值得关注的线索："新工业诗"的自然转向和对"小人物"以及"劳动美学"的再发现，对现代时空流动性的审察和对身份危机的思考与处理，青年诗人对观画、观剧体验的独特书写。此外，一批以看似较为传统的诗歌意象"树"为共同主题的诗歌，从声音、身体、行动、情感等多角度切入，与我们当下正在展开的世界建立了紧密的关联，勾连起有关"流动性""身份认同"等诸多有意思的现代话题。"树"不再是个别诗歌中的单纯隐喻，而是成为一个联结本季度部分诗歌网络的中心点，在交叉与分裂中形成丰富而充盈的诗歌树状图。克制的情绪和简练的意象，以及戏剧化、陌生化手法的运用，成为本季度诗人较为普遍采取的写作策略。然而，当诗歌过于耽溺于微物的具象呈现，或是对日常生活予以过于琐碎细致的注目，便不可避免地会在一定程度上削减想象力的强度和密度。面对人类精神与"生而为人"的真正本质面临挑战之时，如何拒绝光滑和平整，勇于面对思想的毛边和精神的裂缝，并保持刺穿的勇气，是值得每一位诗人思考的。

（上海大学　中国诗歌研究中心）

※ 本文资料来源主要为2022年夏季（4—6月）的国内诗歌刊物，包括《江南诗》《诗刊》《星星诗刊》《扬子江诗刊》《诗林》《诗潮》《诗歌月刊》《草堂》，以及综合性文学刊物《人民文学》《十月》《作家》《山花》《作品》等。除了作者姓名、诗题，诗作发表刊物与期数不再一一注明。

图书在版编目（CIP）数据

诗收获. 2022年. 秋之卷 / 雷平阳，李少君主编. —— 武汉：长江文艺出版社，2022.10
ISBN 978-7-5702-2913-0

Ⅰ.①诗… Ⅱ.①雷… ②李… Ⅲ.①诗集－中国－当代 Ⅳ.①I227

中国版本图书馆CIP数据核字(2022)第164857号

策　　划：沉　河	
责任编辑：王成晨	责任校对：毛季慧
封面设计：祁泽娟	责任印制：邱　莉　王光兴

出版：长江出版传媒　长江文艺出版社
地址：武汉市雄楚大街268号　　邮编：430070
发行：长江文艺出版社
http://www.cjlap.com
印刷：武汉市籍缘印刷厂

开本：720毫米×1020毫米　　1/16　　印张：15　　插页：2页
版次：2022年10月第1版　　2022年10月第1次印刷
行数：5872行

定价：58.00元

版权所有，盗版必究（举报电话：027—87679308　87679310）
（图书出现印装问题，本社负责调换）